徳 間 文 庫

夫は泥棒、妻は刑事㉑

泥棒たちの十番勝負

赤 川 次 郎

徳 間 書 店

目次

プロローグ

道に迷ったのが不運だった。

しかし、普通は道に迷っても、目的地に着くのが少し遅れるくらいで、死ぬことはない。

ただ、この場合は……。

「参ったな……」

と、太田《おおた》は呟《つぶや》いた。

もう夜中だ。しかも、この辺は住宅地で、道を訊《き》くような店も交番もなかった。そして、太田の持っている古いケータイには、ナビなんて便利なものは付いていない。

「大体この辺だって言ってたのに……」

太田のグチは、ここにいない社内の女性社員に向けられていた。

「太田さん、道、分りますか?」

と訊いて来たので、

「ああ、大体分ってる」

と、太田は答えた。

「地図、描きましょうか」

「大丈夫だよ」

と、太田は首を振って、「俺は土地勘があるんだ。あの辺にゃ、以前住んでたことがある」

「じゃあいいですね」

と、女性社員は安心していた。

彼女だって、心配しただろう。太田がこの辺に住んでいたのは、もう三十年も前で、しかも駅の反対側のアパートだったと知ったら……。

太田はいい加減くたびれていた。

もう一時間以上歩いている。〈駅から十五分〉と言われていたから、当然迷ったに違いないのだが、自分でそう認めたくなかったのである。といって、どうすればいい？

足を止め、息をついた。

普段、ほとんど歩くことがないので、五十歳の身には応《こた》える。

しかも、午前一時を過ぎている。約束の時間を一時間も過ぎているのだ。

「畜生《ちくしょう》！　どうしてこんな……」

疲れ切って、太田は傍《そば》にあったゴミ収集用の金属の箱にもたれかかった。

すると——ケータイが鳴ったのだ。びっくりして取り出す。

「もしもし」

「太田さん？　今どこにいるの？」

「明石《あかし》君か」

明石涼子《りょうこ》。——「地図を描きましょうか」と言ってくれた、会社の女性だ。

「道、迷ってるんでしょ」

「うん……。もうヘトヘトだ」

「呆《あき》れた！　だから地図描かなくていいの、って訊いたのに」

「分ると思ったんだ……」

「倉橋《くらはし》さんから電話があったのよ。まだ来ないけど、どうしたんだって」

「そうか。しかし……今、自分がどこにいるかも分らないんだ」

「しっかりしてよ！」

明石涼子は今年二十八歳。――高卒で、太田と同じ会社に入って十年になる。

むろん太田のずっと後輩だが、しっかり者で、明るい性格で人気があった。

「ね、今、どこにいるの？　電柱とか、家の角の所に、〈××町××丁目〉って出ていない？」

「待ってくれ……。ああ、〈K町三丁目24番〉ってある」

「三丁目24番ね。今、地図を見てるわ。――反対側には何も表示ない？」

「ああ……。〈K町四丁目16番〉ってある」

「分った。三丁目と四丁目の境ね」

少し間があって、「じゃ、説明するからよく聞いてよ」

明石涼子の口調には熱がこもっていた。

――普通なら、こんな深夜に不動産会社の営業マンが客を訪問したりしない。

しかし、太田信彦《のぶひこ》が勤める〈K不動産〉は社員二十人の小企業。太田はそこの営業課長なのだ。

前から「土地を売って下さい」と、通い続けていた、倉橋という変り者の老人から、突然、

「売ってもいい」

と言って来たのだ。

当然他の大手不動産会社からも話は来ているはずで、太田は八割方諦めていた。

ところが今日——正確には昨日だが——終業直前に倉橋から電話があり、

「売ってもいい」

と言ったのだ。「ただし、今夜の十二時に書類を持って自宅へ来い」

理由も分らない。しかし、太田としては、

「かしこまりました！」

と言うしかなかった。

だが——これまでは倉橋を新橋《しんばし》のバーに訪ねていた。そのバーのオーナーだということだった。

自宅に行ったことはない。住所だけは聞いていたが……。

そんなわけで、午前一時、太田は住宅地の中で迷子になっていたのである。

明石涼子のていねいな説明で、さすがに太田も二十分ほど歩いて、やっと倉橋の自宅に辿《たど》り着いた。

立派な門構えだが、家そのものはずいぶん古そうだ。

ちょっと息を整えて、ネクタイをしめ直し、門を入ろうとすると——。

「おっと」

中から出て来た男とぶつかりそうになった。

「——あれ？」

相手は同業の営業マンだった。〈K不動産〉よりは大きいが、倉橋の土地を巡っては競争相手だった。

「何だ、太田さんじゃないか」

「ああ……。どうも」

太田は面食らっていた。「田中《たなか》さん、どうしてここへ？」

「例の土地の件さ、もちろん」

と、田中は言った。「あんたはどうして？」

「その土地を売ってくれるとおっしゃったので……」

「あんたもかい？　残念だが、土地はうちが契約したよ」

血の気がひいた。

「まさか……。わざわざ自宅へ来いと……」

「夜中の十二時に、だろ？　うちもそう言われたのさ。あんた、ずいぶん遅いじゃないか」

「道に迷って……。でも、確かにうちに売って下さると――」

「ご苦労さんだったな」

田中は太田の肩を叩いた。

「そんな……馬鹿な！」

声が震えた。

「じゃ、当人に確かめてみろよ。――お先に」

と、田中はスタスタと行ってしまった。

「どうしてだ……。俺はちゃんとここまで来たのに……」

太田は呟きながら、フラフラと玄関へ歩いて行き、インタホンのボタンを押した。

少し間があって、

「何だ？」

と、かすれた声がした。

「〈K不動産〉の太田です。今着きました」

と、太田は精一杯、落ち着いた声で言った。

「ああ……」

と、面倒そうな声。「待ってろ」

「はい！」

しかし、太田は田中の言った通りなのだろうと分っていた。それでも、話もせずに帰るわけにもいかない。

しかし……なかなか倉橋は玄関へ出て来ない。

太田はもう一度インタホンのボタンを押したが、今度は返事もない。——待っている内、三分、五分と過ぎて行く。

どうなってるんだ！

太田は思い切ってドアを開けた。——鍵がかかっていない。

「——倉橋さん！　太田ですが！」

と呼んだが、返事はなかった。

首をかしげたが、ともかく上ってみることにした。

「倉橋さん……。上りますよ」

廊下は明りが消えていたが、正面の襖《ふすま》が半分開いていて、中は明るかった。

「お邪魔します……。倉橋さん？」

太田は恐る恐る襖のところまで行って中を覗《のぞ》いた。

静かで、人の気配がない。

「どこへ行っちゃったんだ？」

太田は当惑して中へ入って行った。

何だよ、全く……。拍子抜けした太田は、洋間になっている部屋のソファの方へ歩いていったが……。

「——え？」

何だ、これ？

老人がジャージ姿で倒れている。うつ伏せではあるが、顔がこっちへ向いているので、倉橋老人に違いないことは分った。

後頭部が血でまみれ、そばにゴルフ大会のものらしいトロフィーが転っていた。

「倉橋さん。——倉橋さん？」

死んでいる。一目見てそう分ったが、といって、何がどうなっているのか……。

呆然《ぼうぜん》と突っ立っていると、

「やあ、すみません！」

と、声がした。「ケータイ、忘れちゃって！」

田中が戻って来たのだ。テーブルの上のケータイを見つけて、

「これだこれだ。つい、うっかりして……」

と言いかけたが、「——太田。お前、何てことを」

「え？　何だって？」

「殺したのか！　どうしてそんな——」

「おい！　冗談じゃない！」

太田はやっと自分の置かれた状況を理解した。「俺は何もしてない！」

「ともかく一一〇番する。——ひどいな、こんなこと！」

田中がケータイのボタンを押そうとした。

太田は青ざめた。俺が殺した？　とんでもない！

「やめろ！」

夢中だった。田中を突き飛ばして、玄関へと出る。

靴をはくのももどかしく、太田は家の外へと飛び出していた。

「俺じゃない……。俺じゃない……」

誰にも聞こえない呟きをくり返しつつ、太田は夜道を駆《か》けて行った……。

1　アンニュイな日

「あーあ……」

と、真弓《まゆみ》は言って、ため息をついた。

聞きつけて、部下の道田《みちだ》刑事は、

「真弓さん、どうかしたんですか？」

と訊いた。

「え？　ああ、道田君、いつ来たの？」

いつ、といって、今野《こんの》真弓は道田刑事と一緒にこの殺人現場にやって来たのだが。

「何だか……お疲れのご様子だったので」

「ありがとう、道田君。心配してくれるの？」

「もちろんです！　大事な真弓さんですから。何かあったら大変と……」

「アンニュイなのよ」

「――は?」

「アンニュイな気分なの。分るでしょ?」

「そ、そうですか……。じゃ、すぐ救急車を呼びますから、ただちに入院してください」

「何言ってるの! 私たちは殺人事件の現場にいるのよ。入院なんて、そんな呑気《のんき》なこと言ってどうするの!」

「すみません」

道田が謝るのも変なものだが。

「ともかく――つまらない事件じゃない」

「はあ……」

殺されたのは倉橋寿一《としかず》という七十五歳の老人。倉橋の土地を巡っていくつかの業者が争っていた。

その一人、太田が、ここへ来てみると、狙っていた土地は〈S産地〉の田中という営業マンがすでに契約してしまっていた。

カッとなった太田信彦という男は、棚に並べてあったゴルフ大会のトロフィーをつかみ、倉橋の後頭部を殴って殺した。

「単純そのものよ」

と、真弓は言った。「田中って人の証言もあるわけで」

そしてもう一度大欠伸《おおあくび》すると、

「刑事なんて、空《むな》しい職業だわ」

と言った。「いっそのこと、大泥棒の方がずっと面白いわ」

すると、そこへ、

「何が面白いって？」

と、声がして、真弓はびっくりした。

「あなた！　こんなところで何してるの？」

夫の今野淳一《じゅんいち》が立っていたのである。

「お前がメールをよこしたんじゃないか。ここの住所を知らせて、〈今ここにいるわ。会いたかったら来てもいいわよ〉って」

「私、そんなメールを？　おかしいわ。アンニュイのなせるわざね」

と、真弓はとぼけている。

「しかし、刑事が事件が解決したからってがっかりしてるってのは妙だぞ」

と、淳一は言った。

「そりゃそうだけど……。眠気だけには勝てないわ」

凶器と思われるトロフィーを、鑑識《かんしき》の人間が調べていたが……。

「──だめですね」

と言った。

「どうしたの？」

「指紋が一つも残っていません。ていねいにこのトロフィーの指紋を拭き取ってありますよ」

「まあ！　それじゃ計画的殺人ってことね。ひどい奴だわ」

「おい、待て」

と、淳一が言った。「俺はそこで話を聞いてたが、田中って男の証言が正しかったら、太田がトロフィーの指紋を拭き取る余裕なんかなかったろう」

「──それもそうね」

真弓は道田へ、「ちょっと！　田中さんをもう一度連れて来て」

と言った。

田中がやって来ると、

「死体を発見したときの様子を、もう一度聞かせて下さい」

と、真弓が言った。

「はあ……」

田中が話をくり返す。

「すると——太田が指紋を拭き取る暇はなかったんですね？」

「ええ、そうですね。何しろボーッと突っ立ってただけですから」

淳一は死体を見下ろして、

「こいつは、そうアンニュイになっちゃいられない事件かもしれないぜ」

と言った……。


まさか……。太田さんが？

「そんなわけないわ！」

つい口に出してしまい、電車の周囲の乗客がけげんな顔で涼子を見た。

涼子はあわてて顔を伏せて、眠っているようなふりをした。もちろん、そんなわけはないのだが。

帰りの電車で、珍しく座れた。しかし、今日の明石涼子は、そんなことで喜んだり、居眠りしたりする気分ではなかったのである。

太田信彦が、土地を売ってくれると言っていた倉橋寿一を殺して逃走した……。

その話を社長から聞かされたとき、涼子は啞然《あぜん》として、

「そんなこと！　何かの間違いです！」

と言ってしまった。

〈K不動産〉の社長、角野安春《かどのやすはる》はジロッと涼子をにらんで、

「俺じゃない。警察がそう言ってるんだ」

と、脅すように言った。「文句があるなら、警察に行け」

「いえ……」

涼子は口をつぐまざるを得なかった。

全社員の前で――といっても二十人しかいないのだが――角野社長は本日付で、太田信彦をクビにしていることを発表した。

まさか、太田さんが……。

涼子は前の晩、太田が道に迷っているときに、ていねいに道順を教えてやったことを思い出していた。

遅刻して、競合ライバルの〈S産地〉に土地を持って行かれてしまったのを恨《うら》んでの犯行。――太田が悔しかったのは当然だろうが、人殺しまで……。

十八歳で〈K不動産〉に入社して十年。明石涼子はずっと太田の下で働いて来た。年齢は違うが、太田とはほとんど友達付合いの間柄である。

太田が営業マンとして、決して優秀でないことは、涼子にも分っている。もともと口下手で不器用。営業に向いていない。

それでも営業課長になっていたのは、太田の上の人間がみんな他社に引き抜かれて辞めてしまったからなのだ。

課長になった太田は、平社員だったときより、年中社長に怒鳴られるようになってしまって、

「課長なんかなるもんじゃないよ」

と、涼子にこぼしていた……。

「――そうだわ」

太田には妻と娘がいる。太田がクビになったことも知っているだろう。

いや、クビより何より、「殺人犯」扱いされているのだ。大変なショックだろう。

しかし、今の涼子に何ができるか。――涼子は四国から上京して一人暮し。両親はまだ元気だが、一人っ子の涼子は、いつか父と母の面倒をみなければならない。太田のことは心配だが、涼子には何の力もないのだ……。

――駅から歩いて二十分。

二階建の古いアパートに涼子は暮している。

「ああ……。どうなるのかしら」

〈105〉のドアの前に立って、バッグから鍵を取り出す。すると、

「――明石さん」

と呼ぶ声がした。

「え?」

びっくりして周囲を見回す。

暗い夜道にポツンと立っている人影があった。

「――誰?」

と訊くと、その人影はおずおずと涼子の方へやって来た。

「まあ! 美久《みく》ちゃんね!」

と、涼子は言った。「どうしたの、こんな所に……」

太田信彦の娘、美久だった。

涼子は何度か太田の家に書類を届けたりしたことがあって、妻と娘のことも知っている。

「ごめんね」

と、美久は言った。「私……家にいられなくて」

美久は確か十六歳、高校一年生だ。

「お父さんのことね。私はお父さんが犯人じゃないと信じてる」

と、涼子は言った。

「ありがとう。私もそう思う。パパにそんなこと、できっこない」

「ともかく、部屋へ入って、寒いでしょ」

十月も末。――この辺りは都心より一段と冷える。

涼子は美久を部屋へ入れた。

「ごめんね。寒いでしょ。ストーブ点《つ》けるね」

今どきお目にかからない古い石油ストーブ。

「わあ、珍しい」

美久が、悩みも忘れて、そのストーブに目を丸くした。

「時代物よ。その内、〈昭和の博物館〉にでも納めないとね」

涼子は、熱いココアを作って、美久と一緒に飲んだ。

「――家に、ワイドショーの人とかが押しかけて来て」

と、美久は少し落ちついてから、口を開いた。

「大変ね。お母さんはどうしてらっしゃるの?」

と、涼子が訊くと、美久はちょっと黙ってしまった。

涼子は、

「言いにくかったら、言わなくていいのよ」

と言ったが、

「そうじゃなくて……。どう言えばいいのかな、と思って」

と、美久は首をかしげて、「ママは……逃げちゃった」

「——逃げた? マスコミから、ってこと?」

「それもあるだろうけど……。もともと好きな男の人がいたの」

「え?」

涼子は目を丸くした。「つまり……」

「不倫してた、ってこと」

十六歳にしてはごくアッサリと言って、「相手、大分若い人なんだ。私、二人が腕組んで歩いているところ、見ちゃった」

「そうなの……。じゃ、太田さんは奥さんに彼氏がいるってことを——」

「知らなかったと思う。何しろ、パパ、人がいいから」

「そうね」

「刑事さんが家に来て、家中調べてった。でも、なにも見付からなくて帰ってってたけど」

「そう……」

「そしたら、ママが、『もういやだ！　こんな家に嫁に来たつもりじゃなかった！』とか大声で怒っちゃって」

「まあ」

「ねえ、結婚して二十年近くもたつのに、『嫁に来た』もないもんでしょ？　私、呆《あき》れちゃった」

「それで……」

「今日、私、学校に行ったの。親は親、子供は子供だ、って思って。――そしたら結構みんな、『お前の親父さん、すげえじゃん』とか言って。ホッとして、家に帰ったら、ママの置手紙があって、〈あんたはもう十六なんだから、何してでも生きていけるでしょ〉だって！　私、頭に来ちゃった」

「困ったわね。――じゃ、お父さんもお母さんも、どこへ行ったか見当つかないの？」

「まるっきり」

「そう……」

美久が困っている状況は理解できる。しかし――それじゃ、どうしよう？

そのとき、グーッという音がして、美久があわてて咳払《せきばら》いした。

「美久ちゃん……。もしかして、何も食べてないの？」

「あ……食べたよ。朝ご飯は」

「朝ご飯？　昼は？」

「お弁当、お母さんが作ってくれなくて。『お弁当どころじゃないでしょ！』って……。私が学校に行かないと思ってたみたい」

「じゃあお腹空くわよね。――でも、何もないわ。私、外で食べて来ちゃったから」

「いいの。私、一日や二日食べなくても……」

と言うと、またお腹がグーッと訴えるように鳴った。

「我慢して駅まで歩きましょ！」

と、涼子は立ち上って財布をつかむと、「駅に行けば、定食屋さんとか色々あるわ。歩ける？」

「途中で倒れなけりゃ大丈夫」

と、美久が言って、二人は一緒に笑った。

「その調子！　ここに泊るわね、とりあえず今夜は。着替えとかも買ってきましょ」

「でも……明石さん、いいの？　お金持じゃないのに」

「涼子って呼んで。——十六歳の女の子一人養うぐらいのことはできるわよ。ただ……布団がひと組しかない」

「私、毛布にくるまって寝る」

「毛布の余分もないわ」

と、涼子は苦笑して、「今夜は一つの布団で一緒に寝ましょ」

「うん！」

と、美久が嬉《うれ》しそうに肯《うなず》く。

「美久ちゃんが男の子でなくて良かったわ」

と、涼子は言った。

2　手配の顔

およそ、元気のないバーだった。

扉を開けると、

「いらっしゃい」

と、くたびれた声で、「何かご用?」

「バーだろ、ここ?」

と、淳一は言った。

「一応はね」

カウンターの中で、かなり厚化粧の女が言った。「初めて?」

「まあね」

「じゃ、これが最後かもね。オーナーがいなくなっちゃったの」

「知ってる」

「へえ。——倉橋さんのお知り合い？」

「そういうわけじゃない」

淳一はカウンターに向うと、「何か軽いカクテルをくれ」

と言った。

「はい。——知ってるの、事件のこと？」

「ああ。気の毒なことをしたね」

「そうね……。一風変った人だったから、人から誤解されたりしたわ。でも、悪い人じゃなかった」

と言って、「私はこのお店を任されてた、須田五月《すださつき》というの」

「よろしく」

グラスを手に取ると、勢いよく扉が開いて、

「こんな小さな店、見付けるの、大変だったわ！」

と、文句を言いつつ、真弓が入って来た。

「おい、失礼だぜ」

「だって事実だもん。——あら、先にやってるのね」

「お知り合い？」

と、須田五月が不思議そうに言った。

「夫婦よ」

と、真弓は言った。「ビール！」

「へえ。ご夫婦でバーに来るなんて珍しいわね」

本当はもっと珍しいんだけどな、と淳一は思った。何しろ泥棒と女刑事の夫婦なのだ。しかし、そうも言えない。

「今日は仕事なの」

と、真弓が警察手帳を見せると、須田五月は目を丸くして、

「へえ！　それじゃ夫婦で刑事さん？」

「亭主は自由業なの」

と、真弓は言った。「暇を持て余してるときは、私について歩いてるのよ」

「はあ……。あ、ビールね」

須田五月はグラスにビールを注いで、「——今野さんっていうの。すてきな旦那さんね」

「あら、そう？」

「そういう冗談はやめた方がいい」

と、淳一が言った。「この女房は、やきもちをやくと、すぐ発砲するくせがある」

「まあ、怖い」

と、五月は笑って、「でも私なら大丈夫でしょ？　もう五十五よ」

「充分色っぽいぜ」

と、淳一は言った。「そんなことより、倉橋寿一さんの話だ」

「太田さんがやったんですって？　本当なの？」

と、五月が言うと、真弓はビールを半分ほど一気に飲んで、

「――太田信彦を知ってるの？」

「そりゃあ、ここへ倉橋さんに会いに来てたからね。他の仕事の関係の人もそうよ。仕事の話は必ず、ここでしてた」

「よほどお気に入りだったんだね」

「そうじゃないの。すこしでもお客を増やそうとしてくれてたのよ。ここで打合せすりゃ、何か飲むでしょ。それも会社の払いだから、高くても払ってくれるしね」

「気を使ってくれてたのね」

と、真弓は言った。「倉橋さんとはどういう仲だったの？」

「まあ……一応男と女の仲っていうか……。二十年も前の話だけどね」

と、五月は少し照れたように言った。

「ここのオーナーだったたって言ってたわね。他にも何か仕事を？」

「え？　知らないの？　刑事さんって、何でも分るのかと思ってた」

真弓は咳払いして、

「あなたから聞いた方が早いかと思ったのよ」

「倉橋さんはいろんなことやってたのよ。全国の映画館のチェーンも持ってたし、芸能プロダクションの会長だったたし、ゴルフ場も持ってたし……」

「そんなに？　じゃ、お金持だったの？　そんな風に見えなかったけど」

「立派な外車を乗り回すようなこと、好きじゃなかったの。ここから帰るのもタクシーだった」

タクシーだって、相当な料金になるだろうが、確かにそんな「大物」の屋敷とは見えなかった……。

「倉橋さんがいなくなっちゃ、この店もたたむことになるわね、きっと」

と、五月が言った。

すると、淳一が、

「あんた次第じゃないのか」

と言った。

「え？」

「倉橋さんが、そうやって客を連れて来てくれたのは、あんたがこの店をやってけるように、だろ？　だったら、その客を離さないようにしたらどうだ」

五月は淳一をしばらく眺めていたが、

「――あんたは来てくれる？」

と言った。

「俺は分らないが、この女刑事さんが部下を連れて来るかもしれないぜ」

「まともに努力してる人は大好きよ」

と、真弓は言った。

「――ありがとう」

五月は微笑《ほほえ》んで、「そうね。応援してくれた倉橋さんに恩返ししないとね」

と言った。

そこへドアが開いて、若い女性が入って来た。

「早速、お客さんよ」

と、真弓が言った。

「残念ながら、タダの客」

と、五月は言った。「娘の弥生《やよい》よ」

「どうも……」

スーツ姿の娘は、二十歳過ぎだろう、すっきりした美人だ。

真弓たちのことを聞いて、

「刑事さん？　太田さんが犯人じゃないと思いますけど」

と言った。

「どうして？」

「私も、ここで何度か太田さんに会ってるけど、そんな人とは思えないんです」

「私もそう言ったのよ」

と、五月は言った。「弥生、仕事は大丈夫なの？」

「うん。明日は休み取った。倉橋さんのお葬式でしょ」

「この子はＯＬでね」

と、五月が言った。「ときどき、夜はお店を手伝ってくれるの」

「それなら、ますます客が来そうだ」

淳一は立ち上って、「じゃ、しっかりな」

真弓は、

「お葬式に私も顔を出すわ」

と言った。

——淳一と真弓が出て行くと、

「変った刑事さんね」

と、弥生が言った。

「でも良さそうな人よ」

「うん……。ね、お母さん」

「どうしたの？」

「すぐそこで会ったの」

「誰に？」

弥生が店のドアを開けて、

「もう大丈夫よ」

と、声をかける。

おずおずと顔を出したのは——。

「まあ、太田さん！」

五月が目を丸くした。

「ごめんよ……。迷惑かけたくないんで、この辺、うろうろしてたら、弥生ちゃんに見付かって……」

「迷惑だなんて！　さあ、入って！　弥生、店の奥へ連れてって」

「分った。太田さん、何も食べてないんでしょ？」

「あ……。でも……」

「中で休んでて。私、近くのコンビニでお弁当買って来る」

弥生はそう言って、急いでバーを出て行った……。


「どこか妙だと思ってた」

と、淳一は言った。

「何が？　ただの一軒家じゃない」

——夜中になっていた。

倉橋が殺された家は、立入禁止のテープが張りめぐらされている。

「ともかく入ってみよう」

二人は家の中に入って、明《あか》りを点けた。

真弓は家の中を見回して、

「とても、実業家の屋敷に見えないわね」

「まあ待て」

淳一は、凶器になったゴルフ大会のトロフィーが置かれていた作りつけの棚を見ていたが、「——この棚がやけに立派だ」

「そう？」

「棚を取り付けた壁も、しっかりしてる。他の壁と、ここだけ違う」

トントンと叩くと、「——この向うに空洞《くうどう》があるな」

淳一はしばらく腕組みして、その壁を眺めていたが、床近くのコンセントの方へ身をかがめた。

「どうしたの？」

「このコンセントの位置だ。使いにくい高さだ」

「だから？」

「これはおそらく……」

淳一はナイフを取り出すと、刃先でコンセントの差込み口を突いた。

「感電しない？」

「電気は来てない」

「それじゃ——」

と言いかけた真弓は、壁が静かに動き出したので、びっくりした。

「——やっぱりな」

淳一は立ち上って、「隠し部屋があったんだ」

「あらま……」

真弓は目をパチクリさせていた。

そこは大人が二人入ると一杯の小さな空間だった。

「——何もないじゃない」

「入って立て」

「え?」

二人で並んで入ると——床が下り始めた。

「びっくりした!」

「エレベーターになってるんだ」

ゆっくりと下りて行くと、目の前にポッカリと暗い空間があった。

「地下室ね」

見る間に明りが点いた。

十畳くらいの広さの四角い空間。三方の壁には引出しがズラリと並んでいた。

「何かしら？」

淳一は手近な引出しを引いてみた。

「――まあ」

真弓が目をみはった。

黒いビロードの上に、宝石がズラリと並んでいた。二十個以上ある。

「これって……」

「ダイヤだ。どう見ても本物だな」

「じゃ……他の引出しも？」

淳一が隣の引出しを開けると、金細工の飾りが並んでいた。

「こいつは……。どう見ても盗品だぜ」

と、淳一は言った。「驚いたな。倉橋ってのはきっと仮の姿で、本職はたぶん……」

「あなたの同業者？」

「らしいな」

次の引出しを開けると――びっしりと一万円札の束が詰っていた。

「これ……引出しが百以上あるわ。全部がこの調子だと……」

「倉橋一人のものじゃあるまい。――たぶん、倉橋が束ねていたグループがあったんだ」

「気が付かなかったら、どうなってたかしら！」

「どうして？」

「気が付かない方が良かったかもしれないぜ」

「いや、気付かなかったことにするのさ。倉橋が死んで、ここにある品物と金を、必ず取りに来る奴がいる」

「そうね……」

「奴らがいつやって来るか……」

淳一は静かに引出しを元通りに戻した。


これ？

須田弥生はその家の前で足を止めた。

確かに、表札に〈太田〉とある。

バー〈M〉をやっている母、須田五月の所へ、太田信彦が転り込んで来た。疲れ切った太田は、弥生が買って来たコンビニの弁当をアッという間に平らげて、死んだように眠ってしまった。

五月も弥生も太田のことはよく知っている。殺人犯じゃない、と二人は信じていた。太田は泣いて感激したが、現実に指名手配されている身である。

眠る前、妻と娘がどうしているかを心配していたので、夜ふけになってから、弥生がこうして太田の家の様子を見に来たのである。

何しろ不動産会社に勤めているのだ。少しは見栄えのいい家なのかと思ったら、両側の家に挟まれて肩身の狭そうな、平凡な建売住宅だったのである。

明りは消えている。――弥生は玄関のチャイムを鳴らして、しばらく待った。そして、ドアを叩いて、

「誰かいます？　――太田さんの知り合いの者ですが。――奥さん、おいでですか？」

と、呼んでみたが、家の中に人の気配がない。

「いないのかしら……」

と、呟いていると、

「どこの記者？」

と、突然後ろから声をかけられ、飛び上りそうになった。

「びっくりした！」

「や、ごめんごめん」

と、その若い男は笑って、「僕もこの家を張り込んでるんだ」

「刑事さん？」

「そうじゃない。〈N新聞〉の記者さ」

男は佐竹《さたけ》といった。三十そこそこというところか。

「誰もいないの？」

「たぶんね。中へ入るわけにいかないけど、少なくともこの半日、全く人の気配がないよ」

と、佐竹は言った。

「でも、奥さんと娘さんがいるのよね」

「そう。――君は……」

「須田弥生っていうの。記者じゃないのよ。私、太田さんの知り合いで……」

「へえ！　太田の彼女？　びっくりだな」

「知り合いだって言ったでしょ！　彼女なんかじゃないわよ。ただ、奥さんたちがどうしてるかと思って来てみたの」

「こんな夜中に？」

確かに少々遅かったが、

「私、昼間は働いてるんです！」

と、弥生は言い返した。「それにしても、奥さんと娘さん、どこへ行っちゃったんでしょう？」

「それは僕も訊きたいね」

と、佐竹は言った。

「でも――太田さんって課長さんだったんでしょ、確か。その割に、何だか小さなお家に住んでるのね」

弥生は玄関の方へともう一度歩いて行って、チャイムを鳴らしてみた。――やはり返事がない。

「仕方ないわ。帰りましょ」

と、肩をすくめて振り返ると――。

「え？」

そこに立っていたのは、白っぽいスーツの男で、どう見ても佐竹が変装したわけではなさそうだった。

いや──気が付くと、佐竹は地面に倒れていた。

「あの……」

「あんたは太田の女か？」

と、そのスーツの男に訊かれ、

「違います！　ただの知り合いです！」

と、つい強い口調で言ってしまったものの、その白いスーツの男の後ろに、いつの間にかがっしりした体格の男が五、六人集まっているのに気付いて、「これって何だかまずくない？」と思った。

「おい」

と、後ろの男の一人が、ドスの効いた声で、

「兄貴に向って、そういう口をきいていいと思ってるのか！」

「いえ……別に……」

と、しどろもどろになると、「兄貴」と呼ばれた白いスーツの男は笑って、

「よせ。素人《しろうと》の娘さんにそういう口をきいちゃ、びっくりさせるじゃないか」

「へえ……」

「太田がどこにいるか、知らないのか？」

「知りません。お家の方がどうしてるか心配で――」

「嘘《うそ》じゃなさそうだな」

そのとき、

「兄貴」

と、後ろの一人が言った。「サツの車が来ます」

「そうか。じゃ、失礼しよう。――あんた、名前は？」

「須田……弥生です」

「憶《おぼ》えとこう」

と、男はニヤリと笑うと、「行くか」

と、後ろの男たちを促した。

そして――アッという間にいなくなってしまった。弥生は呆然として、

「幻だったのかしら？」

と、呟いた。

すると、そこへ車が一台やって来て、停った。――警察の車？　でも、どうして分ったんだろう？

「警察の者です」

道田と名のった刑事は、「ここで何を？」

と訊いた。

「あの……」

同じことを三回説明するはめになったが……。

「あれ？」

道田が、倒れていた佐竹に気付かず、つまずいて、「この人……どうしたんですか？」

佐竹は気を失っていただけのようで、「ウーン」と唸《うな》りつつ起き上った。

「当人に訊いて下さい」

と、弥生は言った……。

3　長い列

葬儀は盛大だった。

倉橋寿一がいくつの会社を経営していたのか、誰も知らなかったらしい。

「凄い行列……」

車を降りた真弓は目を丸くした。

真弓がこうも素直にびっくりするのは珍しいことである。

「まさかこんなに人が来ると思ってなかったんじゃないのか」

と、淳一が言った。

二人は一緒に車でやって来たのだが、

「駐車場はもう一杯で……」

と、案内係に言われて、真弓が警察手帳にものを言わせなくてはならなかった。

ごく新しい斎場だったが、その中の小さな部屋を借りたらしく、焼香《しょうこう》の列が表の道路へ出て、さらに延々と続いていた。

「——誰が葬式を出してるんだ？」

「さあ」

と、真弓が首をかしげて、「私は知らないけど」

「いい加減だな」

と、淳一が苦笑した。

「あら、あなたが私のことを『愛したい』って言うから付合ったのよ。そのせいで寝坊したんじゃないの」

淳一の記憶では、言い出したのは真弓の方だが、ここは逆らわないのが利口というものだ。

会場の中へ入ると、遺族の席に、白髪の女性が座っていた。隣には、えらく野暮ったいセーラー服の女の子。

老女の方は黒いスーツだが、およそ体に合っていない。

「あれ……倉橋さんの奥さんかしら」

と、真弓が言った。

「当人に訊いてみな」

しかし、焼香が終るのを待っていたら何時になるか分らない。

「――どうやら、焼香客をまるで知らないようだ。途中で話を聞いてもいいんじゃないか？」

真弓が、葬儀社の人間に話をすると、

「私どもも困っておりまして……」

と、汗を拭って、「こんなに大勢みえると分っていたら、準備のしようがあったのですが……」

「告別式は改めて行うってことにしたらどうだ？　これじゃ、坊さんも困るだろう」

「そうですね……」

――結局、葬儀社の男が、倉橋の遺族と相談して、後日、〈お別れの会〉を開くことになって、行列している人々へ、アナウンスして回った。

「――助かりました」

と、白髪の老女が言った。「トイレに行きたいのをずっと辛抱《しんぼう》していて……」

とりあえず、倉橋寿一の遺体を火葬にしている間に、真弓たちは遺族に会うことができた。

「――倉橋あや子《こ》と申します」

と、老女は言った。「これは孫の純子《じゅんこ》で」

「倉橋寿一さんの奥様――ですね？」

と、真弓は訊いた。

「さようです」

と、倉橋あや子は言った。「でも……亡くなったのは、本当に主人だったんでしょうか？」

「え？　どういう意味ですか？」

「いいえ、確かに棺の中は主人だったんです。でも……今日のあの人の列……」

「そうですね。じゃ、ご主人が何をしていたか、よく知らなかったんですか？」

「全く知りませんでした」

と、あや子は訂正した。「うちは山の中の畑を耕して何とか食べてたんです。それが不作の年に一人息子が出稼ぎに出て、工事現場の事故で死んでしまい……。嫁はこの子が五つのときに出て行ってしまいました」

「まあ」

「で、主人が、『俺が東京へ出て働いて稼ぐ、毎月、ちゃんと金を送るから』と言って……。もう十……二年になります」

「十二年……。で、お金を——」

「ええ、毎月。生活していくのに充分なお金が送られて来ました。でも、一度も家には帰って来なかったんです」

「純子ちゃん——だっけ？　じゃ、おじいちゃんが東京へ行ったときは……」

「四つでした」

丸々とした顔の、よく日焼けした少女は言った。「おじいちゃんとはそれきり……」

「そうですか」

真弓は淳一と目を見交わした。——十二年の間に、倉橋寿一は莫大《ばくだい》な稼ぎをあげていたのだ。ただし、盗みを働いて。

そうと知ったら、さぞショックだろう。

「ともかく——」

と、淳一はちょっと咳払いしてから、「倉橋さんはいくつもの会社を経営していて、手広く仕事をしていたんです。まあ、忙しくて帰っている時間もなかったんでしょうね」

「そうでしょうか……」

あや子はまだ夢でも見ているようだった。

「――葬儀の手配はどなたが？」

と、真弓が訊くと、

「失礼します」

と、控室へ入って来たのは――。

「ああ、須田さん」

と、真弓が言った。

「こちらに倉橋さんの奥様がおいでと伺ったので」

と、バー〈M〉のママは言った。

真弓が須田五月をあや子に紹介すると、

「まあ、主人がバーを……」

と、あや子が目を丸くした。

すると、須田五月はおもむろにスーツ姿のまま床にピタリと正座して、

「奥様にお詫びいたします」

と言った。「ご主人と、今から約二十年前、ご主人が仕事で上京されたおり、深い仲となりました」

「はあ……」

あや子はわけが分らない様子だった。

「申し訳ありません」

と、五月はもう一度頭を下げると、「せめてもの罪滅《つみほろぼ》しに、私にできることがありましたら……」

「いえ、もうそんな……」

あや子はお茶を一口飲んで、「そんな昔のこと。忘れて下さい」

「恐れ入ります」

「あの……」

と、真弓が言った。「二十年前？　――もしかして、弥生さんは……」

「はい、弥生は倉橋さんの子です」

「はあ……」

あや子は、もはやついて行けない様子だった……。

結局、この葬儀の手配をしたのは、倉橋が所有していたゴルフ場の支配人だったことが分った。

「――詳しい指示を前もっていただいておりまして」

松木《まつき》というその支配人は、禿《は》げ上った額の汗を拭きながら、「あまり大げさにしないように、とのことでしたので」

「指示があった？」

と、真弓は訊いた。「いつごろのことですか？」

「三か月ほど前です」

と、松木は言った。「まだお元気でしたし、どうしてそんな、と伺ったのですが……」

「倉橋さんは何と？」

「人間、突然事故に遭《あ》うこともある。人生、何が起るか分らないから、とおっしゃって」

「そうですか」

「でも、こんなに人が来るとは……。〈お別れの会〉も、何とか私どもが、関係の方々と相談して行いたいと思います」

「それはご苦労さま……」

――真弓と淳一は、片付けられていく葬儀の会場を眺めていたが、

「問題がある」

「なあに？」

「あの奥さんと孫がどこに泊るかだ」

「あ……そうね」

倉橋の家があるのだから、当然そこへ泊りたがるだろう。しかし、あの地下には、宝石や現金などが隠されている。

「誰か探しに来るかもしれないぞ」

「そうね。——あの二人が住んでたら、危険だわ」

真弓は、遺骨が納められた壺《つぼ》を前に、ぼんやり座っているあや子の所へ戻ると、

「倉橋さんのお宅は、亡くなった現場でして、捜査の都合上、しばらくお入りいただかない方が……」

と、切り出した。

「でも、主人の住んでいた所ですから」

「もちろんです。ただ、今すぐはちょっと……」

何とか説得しようと試みた。

「お二人の寝る布団もありませんし」

と、知りもしないことまででっち上げる。

「――純子、どうする？」

と、あや子が孫を見る。

「私はどうでも……」

と、純子は言って、「じゃ、どこへ泊るの？」

「それはもう、一流ホテルのスイートルームに！」

と、真弓が急いで松木を呼んで、「すぐ手配して下さい！」

「もちろんです！」

松木がその場でケータイを取り出し、Kホテルのスイートルームを予約。

「お高いんじゃありませんか？」

と、あや子が心配そうに、「あまり持ち合せが……」

状況がよく分っていないようだ。

「倉橋さんからすべて任されておりますので、ご心配なく。お食事など、部屋につけて下されば大丈夫です」

「つけですか。行ったことのない所で、つけがききますんで？」

「私がホテルまでご一緒します」

と、松木が言った。「そこでご説明を」

「私がお送りしますわ」

と、真弓が言った。「女は女同士の方が、何かと説明しやすいですしね」

「はあ……。恐れ入ります」

と、あや子は言った。「それから……あの……」

「何か？」

「私はどうも甘いものが苦手で……」

「――そうですか」

「できれば辛《から》めのお部屋の方が……」

「辛め？」

「スイートルームというと、甘いものが沢山置いてあるんでしょう？」

と、あや子は訊いた。


あれやこれやの片付いた後、淳一と真弓は松木の手配した車で、倉橋あや子と純子をKホテルへ送って行った。

淳一がロビーで待っていることにして、真弓らが二人を部屋へ案内した。

一時間近くして、やっと真弓がロビーへ下りて来た。

「どうだった?」

と、淳一が訊いた。

「広さには驚かなかったわよ。田舎の家は古くて広いらしいから。でもベッドが大きいんで、『ここにはあと何人泊るんですか』って」

「なるほど」

「でも、さすがに純子ちゃんはTVでも見てるから、お風呂の使い方とか、すぐ分ったわ。ただ……」

「どうした?」

「食事をどこでこしらえたらいいのか訊かれたわ。台所がないって」

——結局、もう夕方になっていたので、淳一たちが夕食を一緒にとることになった。分りやすく、ということで、中華料理の店に入って、純子も、

「あ、シューマイがある!」

と、ホッとした様子。

個室にしてもらったので、丸テーブルを囲んで、のんびり食事をした。

「——主人は殺されたということでしたが」

と、大分落ち着いて来た様子のあや子が言った。「犯人は捕まったんでしょうか?」

「今、捜査中でして」

と、真弓は言った。「必ず犯人を捕まえてみせます」

「でも……主人は人様に恨まれるようなことをしていたんでしょうか」

と、あや子が言うと、

「おじいちゃんが、そんなことするわけないよ！」

と、純子が断固とした口調で、「世の中には、悪い奴がいるんだ」

「そうなのよ」

と真弓が肯く。「そういう奴らを私は許さないわ！」

淳一が、食事の手を止めて、

「ドアの外に誰かいる。——誰だ？」

と、声をかけた。

「いい耳をしてるな」

と、ドアが開いて、がっしりした体格の男が入って来た。

「あんた、何なの？」

と、真弓が言った。

「倉橋にちょっと文句があってな。あんたがかみさんか。一緒に来てもらおう」

と、あや子の方へ足を踏み出す。

するとーー真弓が動くより早く、純子がパッと立ち上り、大きな男の腕をつかんで、

「ヤッ！」

と、ひと声、体が沈んで、次の瞬間、男の体は大きく弧を描いて床へ叩《たた》きつけられていた。

「まあ、凄い」

と、真弓が目を丸くした。

「私、柔道の県大会で優勝したんです」

と、純子が得意げに言った。

「いてて……」

男は腰を押さえてヨロヨロと立ち上ると、「今日は……引き上げてやる……」

と言いつつ、出て行った。

「見憶えのある顔だわ」

と、真弓は言った。「あや子さん、ご主人は、やっぱり人に恨まれる仕事をなさってたのかもしれませんね……」

4　監視

「いつまでもここにはいられない」

と、太田は言った。「迷惑をかけて申し訳ないね」

「いいのよ」

と、須田五月は首を振った。

バー〈M〉は、一人残っていた客も帰って、閉店したところだった。

「――ずいぶん倉橋さんの話が出てたな」

と、店の奥にいた太田は、五月が注いでくれたビールを一口飲んで言った。

「そうね。ここのお客は、ほとんど倉橋さんが連れて来てくれた方たちだから」

「――今日、お葬式だったんだろ?」

「そうなのよ。それが……」

五月も、バーへ帰って来て、すぐ店を開ける仕度《したく》をしたので、葬儀の様子を話してやる時間がなかった。

「――ふーん。そんなに凄い行列が……」

と、太田は肯いて、「とんでもない人だったんだな」

「そうね。奥さんもお孫さんもびっくりしてたわ」

太田はビールを飲み干すと、

「これからどうするかな」

と言った。「逃げるにも金がいるし……」

「そうね。都合してあげられるといいんだけど、私もそんなに余裕がなくて」

「ああ、もちろん分ってる。そんなつもりで言ったんじゃない」

太田はポケットからケータイを取り出した。

「奥さんとは連絡取れたの？」

と、五月が訊いた。

「いや、いくらかけてもつながらないんだ。僕のせいで、取材とかが押し寄せてなきゃいいんだが」

「太田さん、優しいわね」

と、五月が微笑んだ。

「いや、別に――」

と言いかけたとき、着信があった。「――娘の美久だ！　――もしもし」

「パパ！　どうしてるの？」

「うん。ちょっとだけ知り合いの所にいるんだ。お前――大丈夫か。母さんは？」

「ああ……。ママ、今隠れてる」

「そうか。マスコミが押しかけたりしなかったか？」

「ちょっと来てたけど……。ね、パパ、私、今明石さんのアパートにいるんだ」

「明石？　会社の？」

「うん。そうなの。訪ねてったら、ここにいなさいって……」

「そうか。――明石君に礼を言わないとな。パパは人殺しなんかしてないぞ」

「うん。分ってる。明石さんもそう言ってる」

「そうか」

自分を信じてくれる人がいる！　そう思っただけで、太田は涙ぐんでいた。

「ただね、明石さんが帰って来ないの」

「この時間に？」

「ケータイかけたけど、つながらないんだ。ちょっと心配で」

明石涼子が、こんな夜中まで帰らないことは考えられない。

「そうだな……」

「あ、どこかからかかって来た」

と、美久が言った。「かけ直すね」

太田は一旦切って、少し安堵した。

「明石さんって、いつかあなたと一緒にここに来た女の人?」

「ああ……。そういえば、倉橋さんと会うのに、一緒に来たことがあった」

「真面目な人よね。感じのいい人だったわ」

「美久を置いてくれてる。ありがたいよ。明石君なら心配ない」

と、ホッと息をついていると、またかかって来る。「もしもし、美久か」

「パパ……」

美久の声が、ガラリと変っていた。「大変だよ」

「どうした?」

「今、明石さんのケータイからかかって来て……」

「どうかしたか?」

「男の声で、『この女を死なせたくなかったら、太田に伝えろ』って」

「何だって？」

「『太田に、指定した場所へ来いと言え』って」

「何てことだ……」

「パパ、どうしよう？」

「お前はいい。お前は何もするな。いいか？」

「うん。でも……」

「ともかく……原因は僕だ。で、場所はどこだって？」

「言わなかった。――パパ、警察に行かないで」

「何だと？」

「警察に届けたら、明石さんの命はないって」

「畜生《ちくしょう》！」

しかし、誰がなぜ太田に会いたがっているのだろう？　太田は少し考えて、

「――分ったよ」

と言った。「今度かかって来たら、どこへ行けばいいか聞いといてくれ。どこへでも行く」

「パパ……」

太田は、できるだけ軽い口調で、

「なに、パパは何もしてない。心配することないさ」

と言ったが、顔はかなりこわばっていた……。

そこへ、娘の弥生がバー〈M〉へやって来た。

「弥生、いいところへ来てくれたわ」

と、須田五月は言った。

「昼間、仕事が忙しくて。ごめんなさい」

と、弥生は言って、「太田さん、お宅には誰もいなかったわよ」

「わざわざ行ってくれたのか。ありがとう」

と、太田は言った。「ついさっき、娘の美久から連絡があった」

「まあ、じゃ居場所が分ったの？　良かったわね」

「それが、あんまり良くないんだ」

「え？」

――太田の話を聞くと、弥生は、

「まあ……。明石さんって人を人質《ひとじち》に？」

「そういうことだ」

「どうするの？」

「言われた場所へ行くさ。明石君を見殺しにできない」

「待って」

弥生は自分が太田の家へ行ったときに出会った、白いスーツの男と、その子分たちのことを話した。「――太田さんのことを捜していたわ」

「じゃ、もしかしたら……」

と、五月が言った。「その白いスーツの男が、明石さんを……」

「あり得るわね」

「しかし、僕に何の用だ？」

と、太田は首をかしげた。

「――ねえ」

と、弥生は言った。「ここに来た女刑事さん、いたでしょ」

「ああ。今野さんって人ね」

「あの人と、一緒にいた旦那さんは刑事じゃないんでしょ」

「そうらしいわね」

「あの人に打ち明けてみたら？　何だか信用できそうな人だったけど」

「でも、奥さんは刑事よ」

「だから、奥さんに内緒で、って」

「そんなことできる？」

「うーん……。分んないけど、このまま太田さんが一人で言われるままに行ったら、無事じゃすまないような気がする」

「そうね……。あの女刑事さんのケータイは聞いてあるけど」

と、五月は言った。「あの女刑事さん、すごいやきもちやきだって言ってたわよ」

「私、話してみるわ」

と、弥生は言った。「太田さん、それでいい？」

「僕は……よく分らないけど」

太田は途方に暮れていた。


「凄い！」

と、純子は言った。

「凄い、って、何が？」

と、真弓が訊く。

——中華料理を食べた、倉橋あや子と孫の純子は、真弓から、

「やっぱり、食後はコーヒーよ！」

といわれて、ホテルのラウンジに連れて来られていた。

「おい」

と、淳一が言った。「いくらこっちの払いじゃないからって……」

当然、部屋につけておけば、支払いは真弓の方に回って来ない。

「いえ、こんな遅い時間に、こんな所が開いてるなんて……」

と、純子は感激していた。

「こんな時間って……。まだ十時過ぎよ」

と、真弓が言った。

「うちの方のお店なんて、夜八時ごろにみんな閉っちゃうんですもん」

と、純子は言った。「八時半ぐらいになったら、駅前だってもう真暗」

「いつもならとっくに寝てるわね」

と、あや子は言って欠伸《あくび》をした。

「お疲れでしょう。部屋へ戻ってやすまれては」

と、淳一が言ったが、純子はまだ目を輝かせて、

「お願い、おばあちゃん。もう少しいていいでしょ」

「そうね。いいわよ、私はここでも眠れるわ」

と言うと、あや子は本当にソファに座ったまま、ウトウトし始めた。

「おばあちゃん、お風呂で溺《おぼ》れないといいけどな」

「しっかり見張っててあげなさい」

と、真弓は言って、「あら、誰だろ」

ケータイが鳴ったのである。

「――もしもし？　――え？」

「須田五月の娘、弥生です」

「ああ、どうも」

「恐れ入りますが」

と、改まった口調で、「ご主人様とお話ししたいんですけど」

「うちの夫と？　でも――何のご用で？」

「それは……ちょっと申し上げられないんですが」

真弓の表情が一変した。

「そう。ちょっと待って」

淳一にも、話は聞こえていた。

「おい、言っとくが――」

「いつの間に、あの子と親しくなってたの？」

と、早くも険悪《けんあく》な目つきになっている。

「見当違いだ。――どうせお前にだって聞こえるさ」

と、淳一は苦笑して、真弓のケータイを受け取った。「今野淳一だけど」

「すみません、突然」

「いや、何があったのかね？」

「実は太田さんの家に行ってみたら……」

弥生は、白いスーツの男たちのことをまず話して、「太田さんを捜してるようでした」

「白いスーツか。子分と一緒にいたかい？」

「ええ、四、五人」

「特別耳のいい奴がいなかったか？　普通じゃ聞こえないような、かすかな音を聞き分ける」

「あ……。そういえば、私には何も聞こえなかったのに、『警察の車が来ます』と言って……。男たちがいなくなって、少ししたら、本当にパトカーが来たんです」

「なるほど」

淳一は心当りがあるらしく、肯いた。「それで？」

「あの……今、母のバーなんですけど、迷い込んで来た犬が一匹いまして……」

「犬？」

「ええ、あの……ちょっと太めの犬なんですけど、何だかこう……危い目にあいそうなんです。今野さんなら、その犬を助けるのに力になっていただけるんじゃないかと思いまして……」

「なるほど」

と、淳一は言った。「その犬は、誰かに追われてるとか……」

「ええ、そうなんです。とても素直な犬で、決して悪いことなんかしないんですけど、たまたま……」

「今、具体的に困ったことになってるんだね？」

「そうです。あの――今野さんはきっと愛犬家でいらっしゃると思ったので」

「そうだね」

淳一は苦笑して、「ともかく、相談にのろう」

「ありがとうございます！」

と、弥生は声を弾ませた。「母のバーへおいでいただけますか？」

「分った。それくらいの余裕はありそうかい？」

「もし、何かあれば、ご連絡します」

「分った」

淳一は、自分のケータイ番号を弥生へ教えて切った。

「——何よ」

と、真弓はふくれっつらで、「動物愛護協会へ頼めばいいのに」

「指名手配中の犬じゃ、頼みにくいだろ」

「手配中……。じゃ、犬って太田のこと？」

「そりゃそうさ」

真弓は一瞬絶句したが、ちょっと咳払いして、

「もちろんよね！　私もそうだと思ってたわ」

と言った。「じゃ、早速逮捕しに行きましょ」

「おい、待て。向うはそうされたくないから、『犬』と言ってたんだ」

「分ってるけど……」

「それに、太田が犯人じゃないってことは分ってるじゃないか」

「でも、一旦手配しちゃったから、逮捕しないと」

「そんな無茶言うな。本当の犯人を見付けりゃいいんだ。そうだろ?」

「まあね……」

「ともかく、一人で行ってみる。必要がありゃ、連絡するから」

「いいわ。でも、女の子に色目でも使ったら、二人まとめて射殺するわよ!」

「おい、純子ちゃんがびっくりしてるぜ」

——純子は二人のやりとりを呆然として聞いていたが、

「凄い!」

「また何か凄かったの?」

「情熱的ですね、都会の人って!」

淳一は純子の肩を叩いて、

「都会の人間だからって、みんながみんな情熱的とはかぎらないんだよ」

と言った。

　バー〈M〉の手前で、淳一は車を降りた。

「おい」

　と、淳一は真弓を見て、「頼むから早とちりして出て来るなよ」

「分ってるわよ」

　車を運転して来たのは真弓だった。

「一人で行く」

　と言う淳一へ、

「じゃ、私が車で送って行くわ」

　と、真弓は言ったのである。「一緒に行くわけじゃないからいいでしょ」

　言い合いをしている余裕はないので、淳一は仕方なく真弓の運転する車で、ここまでやって来た。

「バーの中へは一人で入って」

　と、真弓は言った。「それなら約束を破ったことにはならないでしょ」

　その通りとも思えなかったが、淳一は、

「分ったよ」

　と、諦めてバー〈M〉へと入って行った。

「――しっかり見張ってやるわ」

と、車の中で真弓は腕組みをした。

バー〈M〉の前の通りから少し入った暗い道に、真弓は車を停めていた。

そこはベテラン刑事で、どういう所で見張っていれば、相手に気付かれないか、分っている。

淳一たちが出かけるようなら、いつでも後を尾けられるように考えているのだ。

でも――本当に、太田があそこにいるのだろうか？

真弓は考えた。もし、あの弥生って女が「太田がいる」と嘘をついて淳一を呼び出したのだとしたら？　中では弥生がたった一人で、セクシーな下着姿で待っているかも……。

「待ってたわ、淳一さん……」

とか言って、淳一を抱き寄せ、キスしたりして……。

あの人はあの人で、何しろ女の子にやさしい。しかもあの子は若い！

「女房が外にいるんだ」

とか言いながら、「言い寄って来るのを拒んじゃ可哀そうだしな……」

と、弥生の腰へ手を回して、

「何やってんのよ、全く！」

真弓は想像しながら腹を立てていた。

「今は奥さんのことなんか忘れてちょうだい。私のことだけ考えて……。ね？」

弥生がスルリと下着を脱いで、白い肌が露《あら》わになると、淳一も男だし、

「抱き心地が良さそうだ……」

と、弥生の裸身を力強く抱きしめる。

「——そんなことしていいと思ってるの！」

まるで、二人の洩らす吐息まで聞こえてくるような気がして、真弓はじっとしていられなくなった。

「いいわ！　夫婦の危機よ！　約束なんか知っちゃいないわ」

車のエンジンをかけると、「乗り込んでやる！」

車は猛然と走り出したが、何しろバーはすぐそばだ。アッという間にバー〈M〉の前に着けると、車を降りようとして——。

バーから淳一が出て来た。そして、弥生と五月、それから——太田も、

「おい……」

淳一が目を丸くしている。

「あ……。お出かけだった？」

と、真弓は言った。「よかったら送ってくけど」

「おい、いつから個人タクシーを始めたんだ？」

と、淳一は言った。

5　人質

足音が近付いて来た。

明石涼子は、暗い物置のような部屋の床に手足を縛られて転がされていた。

「ここです」

と、声がして、ドアが開くと、光が入って涼子はまぶしさに目を細くした。

「この女です。太田の奴の女らしいです」

すると、

「おい」

と、他の男の声がして、「何だってこんな手荒なことをするんだ！」

「あの……」

「馬鹿め！　人質にしろとは言ったが、こんなひどい扱いをする奴があるか！」

「すんません……」

「早く縄をといてやれ！」

「分りました！」

何だかよく分らなかったが、ともかく手足の縄を解いてくれるというのはありがたかった。

しかし、縛られていたせいで、手足がしびれて、すぐには立ち上れない。コンクリートの床に、やっと起き上って手首を交互にさすっていると、

「申し訳ない」

と、入ってきたのは、「縄を解け」と命じた男で、白い上下のスーツを着ていた。

男は涼子の脇をつかむと引っ張り上げて立たせ、

「歩けるかい？」

と訊いた。「立ってるのもやっとのようだな。俺につかまって歩くといい」

「あ……すみません」

謝ることもないかと思いつつ、白いスーツの男の肩につかまり、支えられて、足をひきずりながら歩き出した。

連れて来られたときは目隠しされていたので、どんな所か分らなかった。

どこかのオフィスかと思うような、殺風景な廊下を少し行くと、ドアが開いていて、

中は広めのリビングルームになっていた。

「さあ、ソファにかけて」

と、男が言った。「いや、申し訳ない。あんな埃《ほこり》だらけの所へ放り込まれて、すっかり服が汚れたね。――おい、タオルを濡らして持って来い」

白いスーツの男がよほど怖いのか、言いつけられた子分は飛びはねるような勢いで駆けて行く。

涼子は、手足のしびれが治って、タオルで顔と手を拭いて、ホッとした。

「コーヒーでも？」

と、男は言って、涼子が小さく肯くと、すぐ子分に言いつけた。

しかし、親切にされても、誘拐されて来たことに変りはない。

白いスーツの男は、見たところ四十歳ぐらいだろうか。きちんとネクタイもして、紳士然としている。

顔立ちはごく普通のビジネスマン風だ。

でも、きっと怖い「兄貴」なのだろう。

ちゃんとカップに入ったコーヒーが出て来て、涼子はともかくいただくことにした。

「――おいしいですね」

と、感想まで述べてしまった。

「気に入ってくれて良かった」

と、男は微笑んで、「特に南米から取り寄せた豆なんでね」

「はあ……」

コーヒーを二口三口飲んでから、涼子は、

「あの……私、どうしてここへさらわれて来たんでしょう?」

と訊いた。

「簡単です。あなたはエサです」

「エサ?」

「太田をつり上げるための、ね」

「太田さんを……」

「どうしても、太田に訊きたいことがあるのでね」

と、男は言った。

「でも――太田さんは人を殺したりしません! あの人は犯人じゃありませんわ」

つい、涼子は強い口調で言ってしまった。そしてあわてて口をつぐんだ。

白いスーツの男を怒らせたら怖い、と思ったのだ。

しかし、男は怒る代りに、ふしぎな表情で涼子を見ていた。その目は涼子を頭から爪先までじっくりと眺めた……。

涼子はコーヒーを飲むことに専念した。

すると、白いスーツの男は、

「あんたの名前は……」

と言った。

「明石です。――明石涼子」

男がちょっと目を見開いた。

「そうか！」

「――え？」

「何てことだ……。涼子ちゃんだったのか」

涼子は面食らって、

「あの……どういう意味ですか？」

「憶えてないだろうね。隣の家にいた、秀兄《すぐる》さんを」

「秀兄ちゃん？　――勝野《かつの》さんの家の？」

「そうさ。久しぶりだ。二十年ぶりぐらいかな？」

言われてみれば……。

男が微笑むと、涼子の記憶の中で、白いワイシャツの腕をまくり上げて自転車で走り回っていた、ノッポの「お兄ちゃん」の顔と重なった。

「そう……。秀兄ちゃんだわ」

「いや、良かった。涼子ちゃんを殺さなくて」

「秀……さん。どうしてこんなことを？」

「知らない方がいい。もう君と僕は別の世界の人間なんだよ」

「でも……」

「君はまともな仕事をしてるＯＬだろ？」

「ええ」

「僕は、その道を踏み外したのさ。一旦踏み外すと、もうその道には戻れない。どんどん離れて行くばかりでね」

「だけど――」

「忘れるんだ。僕が誰なのか。それが一番いい」

「秀さん……」

「さて、時間だ」

と、勝野は立ち上った。「一緒に来てくれ」

「どこへ？」

「太田と会う場所さ」

涼子は肯いて、

「分ったわ。一緒に行く。でも、太田さんを殺したりしないでね」

「訊きたいことがある、と言ったろ？　殺したら何も訊き出せない」

「そうね……」

涼子は思いがけない成り行きに戸惑いながら、促されるままにその部屋を出た。


使われなくなった、古い倉庫。

大方、持っていた会社は倒産したのだろう。大きな倉庫は、取り壊されるでもなく、そこに建っていた。

「——どうやらここだな」

と、淳一が言った。

「暗いわねね」

と、真弓は言って、車のエンジンを切った。

太田の娘、美久から連絡があり、明石涼子のケータイに、涼子を誘拐した犯人から、この倉庫を指定されたのである。

「刑事さん」

と、須田五月が真弓に言った。「太田さんが犯人じゃないことは分ったんですね？」

「ええ、まあ、たぶん……」

指名手配している立場上、そうはっきりと肯定しにくい。

「しかし、今のところは太田さんが手配中ってことにしておいた方がいい」

と、淳一が言った。「本当の犯人を油断させるためにもね」

「分りました」

と、太田は言った。「でも、分っていただけて安心しました」

「逮捕しちゃまずいの？」

と、真弓が言った。

「逃亡中ってことにしておいた方がいい。須田さん、もう少し太田さんのこと、面倒を見てあげて下さい」

「ええ、もちろん！」

と、須田五月が言った。「何日でも泊ってって下さいな」

「お母さん、旅館じゃないんだから」

と、弥生が母親をつついた。

「一泊いくらか取ったら？」

と、真弓が言った。「――冗談よ」

淳一は笑いをこらえていた。

「時間だ」

と、太田が腕時計を見て、「行きます」

「太田さん……」

と、五月が不安げに、「気を付けてね」

「もしものときは、美久をよろしく頼みます」

「一緒に行く？」

と、真弓が言ったが、

「いえ、僕一人ということでしたし。明石君の安全が第一です」

「太田さん……」

今度は弥生の方が、「変ったわね、太田さん」

と言った。

「本当。こんなに勇気のある人だとは思わなかったわ」

と、五月も肯いて、「人は見かけによらないわね」

太田としては、喜んでいいかどうか、複雑な気分だった。

「ちょっと待て」

淳一がポケットから小さなマイクを取り出し、太田の上着に取り付けた。

「これは？」

「真弓のケータイで受信できます。危険があれば駆けつけますよ」

「ありがとう……」

ともかく、太田は車を降りると一人、その倉庫へと向ったのである。


倉庫の扉は開いていたが、中は真暗だった。

太田はこわごわ中を覗いて、ゆっくりと足を進めた。

五月たちに「勇気がある」と言われた手前、逃げ出すわけにもいかない。もちろん、内心はびくびくものだが。

すると――いきなり、倉庫の奥の方から、強いライトが太田を照らした。

「ワッ！　まぶしい！」

　強烈な光で、何も見えない。

「太田さん！」

　と、声がして、太田はハッとした。

「君……。明石君か？」

「ええ。ごめんなさい」

「いや、美久が世話になっているそうで、すまないね」

「挨拶はそれぐらいにしろ」

　と、男の声が言った。

「明石君を放してくれ。彼女に何もしてないだろうな」

　相手が見えないせいか、太田としては大胆だった。

「太田さん、私は大丈夫」

「それなら良かった……」

「お前に一つ訊くことがある」

　と、男は言った。

「僕に？」

「お前は倉橋寿一を殺したのか」

「殺してない！　本当だ。僕が行ったとき、倉橋さんはもう死んでたんだ」

太田は、倉橋の家を訪ねようとして、道に迷って遅れたことなどを説明した。

「——太田さんの言う通りです」

と、涼子が言った。「私が道を教えてあげたんだから」

「ドジな奴だな」

と、男が言った。

「悪かったな」

と、太田はムッとして、「もともと営業に向いてないんだ」

「ここで転職相談はよそうぜ。倉橋は何か手に握ってなかったか？」

「え？」

「鍵のような物だ」

「いや……。握ってたかもしれないけど、確かめてる余裕なんてなかった」

と、太田は言った。「殴られて血を流して倒れてたんだ。こっちはびっくりして突っ立ってただけさ」

同業の田中が戻って来たので、太田はあわてて逃げ出したことを説明した。

「田中という〈S産地〉の男か」

「ええ。少なくとも、僕よりは優秀な営業マンですよ」

こんな所でいじけている。

「話は分ったでしょう?　太田さんを帰してあげて」

と、涼子が言った。

「待て。――倉橋を殴った凶器は?」

「確か……トロフィーでしたよ。ゴルフ大会の」

「そうか」

と、男は言った。「倉橋はゴルフをやらなかった」

「そうなのか……。知りませんよ、そんなこと」

「ゴルフ場を持っていた。しかし、自分ではやらなかった。もしやったとしても、トロフィーをもらえるほどの腕だったわけじゃない」

「僕は知らない。トロフィーがどうかしたんですか?」

と、太田は言った。「大体、あのお年寄にどういう関係があるんです?」

男がちょっと笑って、

「お前は知らないだろうが、倉橋寿一は、とんでもない大物だったんだぞ」

「大物？　そりゃお金持ちだったことは知ってるけど……」

「どうやら、お前は嘘のつける奴じゃなさそうだ。——もう帰っていい」

「明石君は——」

「ちゃんと帰してやる。断っとくが、俺はこの女をさらっちゃいない。昔なじみで話をしただけだ」

「昔なじみ？」

「本当なの、太田さん」

と、涼子が言った。「心配させてごめんなさい。私、大丈夫だから」

「じゃあ……帰るよ」

と、太田はためらいながら、「無事に帰してくれよ」

「安心しろ」

と、男が言った。

すると、他の男が、

「兄貴、外に車がいます」

と言った。

「当然だ。こいつが乗って来ただろうからな」

「でも、他にも何人かの声がしてます」

「いいさ。俺たちは引き上げる」

太田は、当てられていた光のまぶしさのせいで、倉庫を出ても、しばし目がくらんで歩けなかった。

「――太田さん！　大丈夫？」

駆けつけて来た五月のことも、ぼんやりとしか目に入らなかった。

「――何なの？　あの男？」

と、真弓が言った。

「勝野って男だ。素性はよく分らないが、ある世界じゃ、切れる男って評判さ」

「ゴルフのトロフィーって……」

「うん。どうやら、あの家には、まだ見落としている何かがあるようだな」

と、淳一は言った。

勝野たちは、車でなくモーターボートで倉庫から引き上げていた。

「――秀さん」

と、涼子は言った。

「何も訊くな」

と、勝野は言った。「涼子ちゃんは、今のまともな世界にいてくれ」

「でも……」

「おい。その先に付けろ」

モーターボートは、細い水路へと入って、停った。

涼子に手を貸して、勝野はボートから降ろしてやると、

「じゃ、元気でな」

と言った。

「秀さん……」

「出せ」

涼子は、夜の中へモーターボートのエンジンの音だけが遠ざかって行くのを、じっと聞いていた。

6　刺激的

純子は決心していた。

「おばあちゃん!」

ホテルでの朝食の席で、純子は宣言した。

「私、東京に住む!」

倉橋あや子はキョトンとして、

「このお魚はおいしいわよ」

と言った。「それにしても、朝ご飯がこんなに色々あるなんてね……」

「おばあちゃん……」

ホテルの朝食はビュッフェ形式で、洋風から和風、中華風まで、料理がズラッと並んでいるのを、好きなだけ取ってくるのである。

「朝、こんなに食べたら、もう今日一日何も食べんでいいね」

と、あや子は言った。「納豆もあるのよ」

「うん……」

純子は、洋風にコーヒーを飲み、ハムエッグを目の前で作ってもらった。

「お茶、持って来ようか？」

と、純子が訊く。

「そうね……。でも一人で？」

「――え？」

「東京に住むって、一人で？　高校はどうするの？」

「急に話が変るんだもの！　おばあちゃんも一緒に住もうよ」

「あの家や畑はどうするの？　手入れする人がいないと」

「それはそうだけど……」

でも、もうここから離れられない！

純子にとって、東京はあまりに刺激的で、目がくらむようだったのである。

「何なら、一人で住んでもいいよ」

と、あや子は言った。

「本当？」

「でも。すぐには無理でしょ。高校をどうするか、とか、一人で暮せるかどうか、とか……」

あや子も、孫が東京に夢中になっていることを、察していた。無理もない。十六歳なのだ。

今までTVのドラマの中でだけ見ていた「都会」が、目の前にある。

「私、一人だって大丈夫だよ」

と言ったものの、純子も自信はなかった。

一人で暮すことなんか、考えたこともないのだから、何をどうすればいいのか、見当がつかない。

「あの、今野さんって方に相談してみましょ」

と、あや子は言った。「住むところも捜して下さるかもしれないわ」

不動産屋までやらされるとは、真弓も思っていないだろう……。

すると、そこへ、

「こちらでしたか」

と、せかせかとやって来たのは、葬儀の手配をしてくれた、ゴルフ場の支配人、松木だった。

「まあ、お世話になりまして」

と、あや子が言った。

「いやいや。どうでしたか、お泊りになってみて」

「夢みたいだった!」

と、純子が言った。

「それは良かった」

と、松木は笑って、「別に開くことにした〈お別れの会〉ですが、何しろあの人数ですから、広い所を確保しなければなりません」

「そんなに大勢みえるんですか……」

と、あや子は言った。「ありがたい話で」

「ここにお泊りになっているのですから、ここの広い宴会場を借りようと思っているんです。いかがでしょう?」

「まあ、このホテルの? でも——お高いのでは?」

「費用については、ご心配いりません。一応仮に押えてありますが」

「もちろん、お任せしますわ」

「では、〈お別れの会〉の告知をする必要もありますので、一週間後ということでいかがでしょう」

「一週間……」

「その間、ここにお泊りいただいて」

それを聞いて、純子が、「やった！」という表情になった。

「――では、詳細が決まりましたら、改めてご相談に上ります」

松木はせかせかと戻って行った。

「一週間も……」

と、あや子は言った。「着替えが足りないわね」

朝食を、これまで経験したことのないほどお腹一杯食べたあや子と純子がロビーへ出てくると、

「まあ、どうも」

真弓が待っていた。

「あ、真弓さん！　――こう呼んでいいですか？」

と、純子は言った。

「ええ、もちろん。若い者同士よ」

ちょっと年上だけどね、と真弓は心の中で呟いた。

「私、相談したいことがあるの！」

「何かしら？　何でも、このお姉さんに言ってごらんなさい」

と、真弓は胸を張った。

純子が、高校も住いも、東京に移したい、と言うと、

「それは……。私が決められることじゃないわね」

「もう少し東京を見てからの方がいいよ」

と言ったのは、いつの間にかそばに立っていた淳一だった。

「あ、おはようございます」

と、純子は言って、「今野さんって、忍者みたい。いつ来たのか、全然気付かなかった！」

「でしょう？　家の中でも、泥棒みたいに足音をたてないのよ」

と、真弓が言うと、淳一は咳払いして、

「君が本当に東京へ来たいのなら、この刑事さんが助けてくれるさ」

と言った。「ただ、その前に片付けなくてはいけないことがある」

「主人のことですね」

と、あや子が言った。「何か、よからぬことに手を染めていたのなら……」

「いや、まだそうと決ったわけではありません。それに、万一何かあっても、奥さんには何の責任も……」

「そういうわけには参りません」

と、あや子はぴんと背筋を伸して、「そのときは、妻として自害《じがい》する覚悟」

「おばあちゃん、やめてよ！」

と、純子が目を丸くして言った。

「心もちとしては、それぐらいの覚悟が必要ってことよ」

「何だ。びっくりさせないでよ」

真弓が時計を見て、

「今日は、倉橋さんのお宅を一緒に見に行こうと思うんですが」

と言った。

「それは、こちらもお願いしたいですわ。あの人がどういう生活をしていたか……」

「ご主人の殺された現場でもありますが、大丈夫でしょうか」

「もちろんです。人はいつか死ぬものですからね」

と、あや子はおっとりと言った……。

「兄貴」

と、ホテルのロビーの奥にいた男が、ケータイで、勝野にかけて、「これから倉橋の家を見に行くと話してました」

「そうか」

「二人は仕度しに部屋に戻りました」

「じゃ、十分やそこいらはかかるな。よし、こっちも付合うことにしよう」

「先回りしますか」

「尾行したら気付かれる。すぐ出る。お前は別に来い」

「分りました」

男は通話を切って、歩き出した。

「聞いてたな、今の俺たちの話を」

淳一は、その男が足早に出て行くのを、見送っていた。

「凄い耳の持主ね」

「ああ。――色々、あの男にも事情があるんだ……」

と、淳一は呟くように言った。

「まあ」

と、その家を見て、倉橋あや子は開口一番、「何てぜいたくな」

と言った。

「ここがぜいたく？」

と、孫の純子がふしぎそうに言った。

「そうよ。たった一人で暮していたのなら、この家の半分で充分だわ」

「そうちょうどいい家があるとは限らないでしょ」

――淳一と真弓が同行して、倉橋あや子と純子は、倉橋寿一の家へやって来たのである。

殺害現場でもあり、家の入口には立入禁止のロープが張られていた。

「入りましょう」

と、真弓が促した。

玄関が中から開いて、

「真弓さん、お待ちしてました」

と、道田刑事が顔を出した。

「変ったことは？」

「特にありません」

「じゃ、中はもういいから、道田君、表を見張っていてくれる？」

「かしこまりました！」

と、道田は言って、「応援を頼みますか？」

「いえ、必要ないわ」

と、真弓はアッサリ言った。「もし誰かが襲ってくるようなことがあったら、道田君、命がけで防いでね」

「お任せ下さい！」

「まあ待て」

淳一は真弓を少し離れたところへ連れて行き、

「ここを襲う連中がいるかもしれない。目立たないように人を配しておいた方がいいんじゃないか？」

「そう？　道田君が一人死ねば何とかなるかと思ったけど」

「冷たいこと言うな。こちらには、あの二人がいる。守ってやらなきゃならん」

「分ったわ。——道田君！　この家の周囲に警官隊を配備して。何なら装甲車と戦車も」

「は……」

「冗談よ。人だけでいいわ」

「了解です！」

真弓の無茶さに慣れている道田は、素直に手配の電話を入れた。

——あや子と純子は、居間に入って、

「地味だね」

と、純子が言った。

「ここで主人が殺されたんですか？」

と、あや子が訊く。

「そうです。ゴルフのトロフィーで殴られて」

と、真弓が肯く。

「おじいちゃん、可哀そう」

純子が声を詰らせた。

しかし——倉橋寿一は「ゴルフをしなかった」という。

棚に並んだトロフィーを、淳一は見て行った。

「何かあった？」

と、真弓が訊く。

「このトロフィーだ。わざわざ本物じゃないトロフィーを並べてあるのは、何か意味があるんだろう」

「中に何か仕込んであるとか？」

淳一は一個ずつトロフィーを手に取った。

「一応大会の名称もプレートに入ってる。しかし、きっと架空の大会だろう」

淳一はトロフィーの台の裏を覗いてみた。

「おじいちゃん、どうして私たちをここに呼ばなかったんだろう？」

と、純子が言った。

「そうねえ……。やっぱり、何か私たちに隠したいことがあったのかしら」

と、あや子が首を振る。

確かに、「とんでもない」隠しごとがあったのだが……。

淳一はトロフィーを見直していたが、

「おい」

と、真弓へ言った。「このプレートの大会が本当にあったかどうか、それとこの日付を調べてみてくれ」

「分ったわ」

「凶器に使われた分もな」

「任せて」

真弓は素早くトロフィーのプレートをケータイで写真に撮ると、部下のケータイへメールと共に送った。

「今は手軽だな」

と、淳一が苦笑して、「もし実在の大会なら、直接主催者に会ってみた方がいい」

「分ったわ」

真弓も、骨惜《ほねお》しみはしない。

そのとき、

「真弓さん！」

と、道田が玄関で呼んだ。

「道田君、どうしたの？　誰か攻めて来た？」

と、玄関へ出る。

「こいつが、真弓さんに話があると……」

道田が連れて来たのは、あの勝野の子分で「耳のいい男」だった。

「あらあなたは……」

淳一が出て来て、

「オサムじゃないか」

と言った。

「どうも」

オサムと呼ばれた男は淳一に一礼した。

「お知り会いですか？」

と、道田がふしぎそうに訊く。

「以前、ちょっとした縁で知ってるんだ。任せてくれ」

「分りました」

道田はオサムという男を残して、表に戻って行った。

「すみません」

オサムは二十七、八というところだろうか、小柄で、あまり腕力はなさそうだ。

「何かあったのか」

刑事に直接話しに来るというのは普通でない。

「お祭しの通りです」

と、オサムは言った。「勝野の兄貴が、ここへ先に来ていたんです」

「知ってる」

「俺は少し遅れて別にやって来ました。もちろん中には入れないので、向いの林の中に隠れました。でも、どこにも兄貴の気配がなくて……」

「勝野が？　先に着いてるはずだったんだろう？」

「そうなんです。でも、大声で呼ぶってわけにもいかず……。仕方なく、身を潜《ひそ》めて耳を澄ましてたんです。すると――」

オサムはちょっと目を伏せて、「聞こえたんです。兄貴のかすかな声が」

「お前の耳に聞こえたのか。勝野は何と言った？」

「それが、苦しそうな声で、『助けてくれ』と……」

「確かか？」

「そう聞こえました」

と、オサムは言った。「兄貴がそんなことを口にするなんて、考えられません」

「よほどのことだ」

と、淳一は言った。「他に何か聞こえたか?」

「車の走り出す音です。兄貴の声はたぶんその車の中から……」

「それはどれくらい前だ?」

「三分前です」

淳一は真弓へ、

「車をチェックするんだ。この辺に非常線を張れ」

「分ったわ」

「車は北の方へ走って行きました」

と、オサムは言った。「車の音からするとワゴン車です」

「そこまで分るの?」

真弓は目を丸くした。「すぐ手配する」

「お願いします」

と、オサムは頭を下げた。「勝野の兄貴は俺の恩人なんで……」

「分ってる」

淳一は肯いて、「おい、近くのパトカーに派手にサイレンを鳴らしてこの辺を走り回らせてくれ」

「向うに警戒させるのね？」

真弓はすぐにケータイで手配した。

一分としない内に、方々でサイレンが聞こえて来た。

「車に勝野を乗せてたとしたら、サイレンを聞いて、焦って放り出すだろう」

オサムは涙を拭って、

「兄貴は生きてるんでしょうか……」

と言った。

「まあ待て。あいつはそう簡単に死なない」

淳一がオサムの肩を叩いた。

真弓のケータイが鳴った。

「——もしもし。——どこで？——すぐK病院へ運んで！」

「見付かったか？」

「道に放り出されてる白いスーツの男が。出血がひどくて意識がないそうよ」

「兄貴！」

オサムが青ざめた。

「K病院へ急送してるわ。あなた——」

「俺はオサムとK病院へ行く。ここは頼む」

「分ったわ。パトカーを一台ここへ来させる」

淳一がオサムを促して玄関を出た。

真弓がパトカーに至急ここへ来るように指示する。そして、気が付くと、純子が真弓の後ろに立っていた。

「純子ちゃん、どうかしたの？」

「今の話……聞いてた」

純子は半ば呆然《ぼうぜん》として、「やっぱり、東京って刺激的だ！」

7　新しい敵

「連絡いただいて、すぐ準備を整えておきましたので」

と、その医師は言った。「到着すると同時に対応しました。心臓がもつかどうかがポイントでしたが、何とか持ち直しています」

三十代と見える、きりりとした印象の女性の医師だった。

「お願いします！」

と、オサムが深々と頭を下げて、「兄貴を助けて下さい！」

「手は尽《つ》くしています」

と、その女性は言った。「向うでお待ち下さい」

淳一は残って、

「ちょっと厄介なけが人でしてね」

と言った。

「そのようですね」

と、淡々と、「私どもにとっては、ただの患者さんです」

「確かに。しかし、けがをさせた人間たちが普通でないということもあります」

「私、八町《やまち》めぐみといいます。この病院の外科の責任者です」

「今野淳一です。妻が真弓といって、刑事です」

「ご指示いただいた方ですね。優秀な刑事さんのようで」

「まあ、そうは言えます」

と、淳一は肯いて、「勝野の傷は、銃ですか、刃物ですか？」

「刃物です。致命傷にならないように傷つけていますね。殺してはまずいことでもあったのか。――それとも、何か訊き出すつもりだったんでしょうか」

「鋭いですね。おそらく後者の方でしょう」

「あの人は……」

「裏社会の人間です。私はたまたま知っていたので」

「何か特別な警備が必要ですか？」

「それに越したことはありません。真弓に手配させます」

「分りました」

と、八町めぐみは言った。「今の若い人は、子分ということですか?」

「ええ。この会話を全部聞いているでしょう」

「そんなことが……」

「奴は特別な耳を持っているんです」

淳一の言葉に、八町めぐみはちょっと当惑した様子だったが、

「本当に、ここの会話が聞こえているんですか?」

「おそらく」

と、淳一は肯いて、そのままの口調で、

「オサム。ここへ来てくれ」

と言った。

離れたベンチにかけていたオサムが、すぐに立ってやって来る。

「お呼びでしたか」

「まあ……」

八町めぐみは目を見開いて、「大変なものね。生れつき、そんな聴力を?」

「いえ……。ちょっと色んなことがありまして」

と、オサムが言い淀む。

「無理には訊かないわ」

と、めぐみはすぐに言った。「内緒の話はできないわね」

「口は堅いです」

と、オサムは言った。「兄貴に厳しく言われてますから」

「あのけがをした勝野さんから？」

「はい。聞こえたことでも、聞こえなかったことにしなきゃならないことがあるんだ、
と、兄貴の言葉を守っています」

「偉いわね。普通なら、自慢したくなるでしょうに」

淳一はその間に、真弓へ連絡して、この病院を警備する手配を頼んだ。

「目立っていいからな。勝野に近付けないことが肝心だ」

と付け加えた。

看護師がやって来て、

「意識が戻りました」

「もう？　それは大したものだわ」

「話がしたいと。オサムさん……でしたか」

「兄貴に会わせて下さい！」

「待て」

淳一がオサムの肩を叩いて、「俺も一緒に行こう」

「私も、様子を見ませんと」

と、めぐみが言って、結局三人で勝野に会うことになった。

「――兄貴、すみません！　俺が気付かなくて」

と、オサムが涙ぐむ。

「気付かなくて良かったんだ」

と、勝野が、かなり無理をしている様子で言った。「俺はともかく、お前は必ず殺されてた」

「でも、兄貴が無事なら――」

「あんた、助けてくれたんだな」

と、勝野が淳一を見て、「恩は忘れないぜ」

「早く良くなるのが一番の礼さ」

と、淳一は言った。「相手が誰だったか、憶えてるか？」

「そいつだ」

と、勝野は小さく頭を左右に動かして、「知らない奴らだった。おそらく、全く別の場所から来ている」

「いきなり力で来るのか」

「俺たちの常識が通じない連中だと思った」

「疲れるぞ。もう寝ろ」

「用心しろ。――おそらく奴らは、問答無用で襲ってくる」

「分った」

「頼む。このオサムのことを、見てやってくれ……」

「分った」

と、淳一は肯いた。

「もうそれぐらいに」

と、八町めぐみが言った。「眠らなくてはいけません」

「誰だ、この女は？」

と、勝野が言った。

「お前を治療してくれた先生だ」

と、淳一がたしなめると、

「そうか……。いや失礼。白衣がぼんやりとしか見えなくてな」

「今は体を休めて下さい。出血がひどかったんです」

「ああ……。オサムのことを頼めてホッとしたよ。これで安心して眠れ……」

言い終えない内に、勝野は寝入っていた。

「しばらく目は覚めないでしょう」

と、めぐみは言った。

「先生」

看護師がやって来て、「この患者さん、うなされるように『涼子』って名を呼んでました」

「涼子？」

「そう聞こえましたけど」

「あの女だ」

と、オサムが言った。

「明石涼子のことか」

「ええ。何だか、兄貴の幼なじみだと……。そんな話をしてました」

「そうか……」

と、淳一は肯いた。

病室へ入って来ると、明石涼子は、

「秀さん！」

と、ベッドへと歩み寄った。「あの——」

「眠ってるんだ」

と、淳一は言った。「大丈夫。危いところは乗り越えた」

「そうですか」

涼子はホッと息をついた。

「あんたは勝野のことを……」

「ええ、小さいころ、ずいぶん良くしてもらっていました。『秀兄ちゃん』と呼んで……」

と、涼子は言った。「お隣の家だったんです」

「そうだったのか」

淳一は肯いて、「何がきっかけだったのか聞いたかね？」

「秀さんからですか？　いいえ。何も訊くなと言われて……」

涼子はちょっと言葉を詰まらせて、「涼子ちゃんはこんな世界に係るな、と……。

きっと、自分でも好きでこういう世界に入ったわけじゃないと思います」

涼子は涙を拭った。

「勢力争いだな、おそらく」

と、淳一は言った。「ともかく命を取り留めて良かった」

「私、そばについていてあげてもいいでしょうか?」

と、涼子は訊いた。

「俺が止めるわけにはいかないが……」

と、淳一は言った。「しかし、多少の危険があることは承知しておいてもらわないとね」

「分りました。なおさら、ここにいてあげたいと思いますわ」

「だが、あんたは太田の娘さんを預かってるんだろう?　それに仕事を持っている。そのことの方が大切じゃないかな」

涼子はちょっと目を伏せた。そして少し考え込んでいるようだったが、

「──おっしゃる通りです」

と、口を開いた。「美久ちゃんの身に何かあったら……。太田さんが信じてくれているのを、裏切ることはできません」

「考え直してくれるか」

「ただ……しばらくの間、秀さんが目を覚ますまで、いてもいいでしょうか」

涼子の眼には強い思いが見て取れた。

「――じゃ、そうするといい。じき、この病院には警備のために警官が来る。承知しておいてくれ。あんたのことは言っとく」

「ありがとうございます！」

涼子は涙を拭《ぬぐ》って言った。

すると、病室のドアが開いて、

「あら」

顔を出したのは真弓だった。

「何だ、いいのかここに来て」

「倉橋あや子さんと純子ちゃんはホテルに戻ったわ」

と、真弓は言って、「あなた。この人を泣かせたの？　何をしたのよ！」

「そうじゃない！」

と、淳一はあわてて言った。

「違うんです」

と、涼子も急いで事情を説明した。

「まあ信じてあげるわ」

と、真弓は言った。「彼女を抱き寄せたりしてなくて良かったわね」

淳一は咳払いして、

「紹介しておく人がいる」

淳一は、真弓を八町めぐみに引き合せた。

「今、病院周辺の警備に当たらせています」

と、真弓は言った。

「よろしくお願いします」

めぐみは真弓と固く握手をかわした。

「それから、もう一人だ」

と、淳一はオサムを呼んで真弓と会わせた。

「凄い耳の持主ね」

真弓はオサムと握手した。

「勝野も幸せな奴だ」

と、淳一は呟いた。「じゃ、後はよろしく頼む」

「あら、帰っちゃうの?」

と、真弓がふくれっつらになる。

「調べたいことがある」

淳一の立場としてはそうだろう。真弓もそれは分っている。

「何か分ったら、連絡して」

「もちろんだ」

淳一が立ち去ると、真弓は病院の警備のチェックに出て行った。

「――すてきなご夫婦ね」

と、八町めぐみが言った。

「本当ですね」

と、涼子が肯いて、「私、病室にいます」

廊下に残った八町めぐみとオサムは、少し黙って立っていたが――。

「オサム君って言ったわね」

と、めぐみが言った。

「はい」

「姓は何ていうの?」

と、めぐみが訊くと、オサムはちょっと当惑した様子で、

「それが……分らないんです」

と言った。

「どういうこと？」

「何があったのか……。五年前、俺は突然何かの爆発に巻き込まれたんです」

「爆発？」

「ええ。吹っ飛ばされて、泥の中に突っ込んでいました。泥が柔らかかったんで、ひどいけがをせずにすんだらしいです」

「運が良かったわね」

「ええ。でも——そのとき記憶を失ってしまって」

「まあ。全部？　それとも一部？」

「自分のことはさっぱり思い出せません。名前も、どこに住んでたかも。どうして爆発にあったのかも……。助けてくれたのが、兄貴だったんです」

と、オサムは言って、「そしてそのとき、何がどうなったのか、遠くのかすかな音もはっきりと聞き取れるようになってたんです」

「そんなことが……」

めぐみは呟くように言った。「ふしぎなことがあるものね……」

まさか。——まさか。

そんなことってあるだろうか。

「——先生？」

と、看護師に呼ばれて、ハッと我に返る。

「はい。なあに？」

「夜のシフト表です。サインをお願いします」

「あ、はいはい」

八町めぐみはボールペンで手早くサインした。

「面白いですね。あの女刑事さん」

と、看護師が笑いをこらえて、「熱心ですけど、何だかハチャメチャで」

「そうね」

と、八町めぐみは肯いて、「ただ、ここが襲われる心配もあるのよ。万一のときは、自分の身を守ってね」

「でも、患者さんが第一ですよ」

「確かにね。でも、命をかけて患者さんたちを守るのは、私のような医師の仕事。私はこう見えても度胸あるのよ」

「先生を見捨てて逃げませんよ」

「ともかく、あの刑事さんが見張っててくれるわ。心配しないで」

八町めぐみにも、そう言い切る自信は、正直なところ、ない。

だが、誰かが、この病院を守らなくてはならないのだ。

そこへ真弓がやって来た。

「今、応援が来ます」

と、真弓は汗を拭って、「これで三六〇度、どこから襲って来ても撃退してやります」

「ありがとうございます」

「いえいえ、任務ですから」

と、真弓はちょっと得意げに言った。

「――真弓さん」

と、そこへ道田刑事がやって来た。

「ああ、どう？　もう来た？」

「どんどん到着してます」

「結構ね」

「でも——課長が頭を抱えてましたよ。一体いくらかかるだろうって」

「お金なんて、人の命に比べたら何でもないわよ」

真弓はアッサリと言った。「課長なんだから、責任は取ってもらわないとね」

「はあ……」

八町めぐみは、何となく病院の外が騒がしくなったようで、窓へと歩み寄って表を見下ろした。

「まあ……」

めぐみは愕然とした。

病院の外にはズラッと警察車両が並び、ヘルメットと防弾チョッキにライフルを持った警官が大勢いる。

「凄い警備ですね」

と、めぐみが言うと、

「いかがです？　戦車が来たって、通すもんじゃありません」

と、真弓はしっかり肯いた。「他に、今装甲車を手配しているところです」

まるで戦争だ。——真弓の要望とはいえ、課長が頭を抱えるのも当然と言えた。

「これなら安心ですね」

と、めぐみは言って、さりげなく続けた。「あの、オサムって人はどうしてます？」

「『勝野の兄貴』のそばを離れたくないと言い張って、病室のドアが見える所に頑張ってます」

「そうですか。よほどあの勝野って人を慕ってるんでしょうね。羨ましいくらいですね」

「真弓さん、隊長が指示を欲しいと言ってます」

「指示？　簡単よ。この病院を守る。それ以外ないわ」

真弓はあたかも戦場の将軍のようだった……。

「——ご苦労さま」

八町めぐみは、廊下の長椅子に腰かけているオサムに声をかけた。

「あ、どうも」

オサムはちょっと会釈した。

「疲れるでしょ。お休みになれば。当直の医者の休憩する部屋があるわ」

「大丈夫です」

「でも、無理しないで。いくら病院で医者がいるからって、病気になったら辛いわよ」

「はい。そのときは、ちゃんとお願いをします」

——和男《かずお》！

めぐみは心の中で叫んでいた。きっとそうだ。この「オサム」は、弟の和男に違いない……。

8　都会の夜

もちろん、色々あることは知っている。

刺激的ってことは、一方で「危いことに出会う」かもしれない、ってことでもある。

それでも、十六歳の倉橋純子にとって、大都会の夜は憧れの対象だった。

夜、ホテルの中で食事をとった。もちろん、祖母のあや子と一緒で、

「フランス料理は苦手よ」

というあや子に合せて、和食の店にした。

あや子も、やっとホテルでの暮しに慣れて、以前なら目の玉が飛び出るほどの値段に思えたに違いない「懐石《かいせき》料理」を楽しんだ。

純子は天ぷらなど食べたが、部屋へ戻っても、

「食べた気がしない」

と、ブツブツ言っていた。

「じゃ、カレーライスでも食べてらっしゃいな」

と、あや子に言われて、即座に、

「そうする！」

と、部屋を出た。

でも――ホテルの中ばかりじゃつまらない。

「少しぐらい出かけても大丈夫だよね」

もう私、十六なんだもの。大人なんだ。

純子はホテルを出ると、にぎやかな方へと歩いて行った。

ホテルの周囲は、公園の緑があって静かだったが、少し行くと、真昼のように明るい、カラフルな光に溢れた通りがあった。

振り返ると、泊っているホテルが夜空にそびえて見えた。大丈夫。いつでも戻れる。

純子は、ゲームセンターや、ビル一つ丸ごとカラオケの派手な店などを、覗きながら通りを歩いて行った。

まだそう遅い時間ではない。――同じくらいの女の子たちがグループで歩いていたりするのを見て、心が弾んだ。

私だって――。そう、私だって、ああいう格好をして髪もパーマをかけて、颯爽《さっそう》と歩いたら、あんな風に、人目をひくぐらい可愛く見えるだろう。

そうだわ。やっぱり私、いくらおばあちゃんが反対しても、東京の学校に転校しよう！

改めて、その決心を固めた純子は、目の前にそびえるＴＶ局のビルを見上げて、

「誰かタレントでも出て来ないかな……」

と呟いていた。

すれ違った誰かと肩がぶつかり、

「あ、ごめんなさい！」

と言って——そのまま行こうとしたのだが、

「おい、待てよ」

ぐいと腕をつかまれた。その力には、ただ「気を付けろ」と言う以上のものが感じられた。

「人にぶつかっといて、挨拶《あいさつ》もしねえのか」

年齢はせいぜい二十歳ぐらいだろうが、派手なスーツに赤いネクタイをして、髪は金色に染めている。しかも、似たような格好の仲間と三人連れだ。

「あの……すみません」

と、純子は言った。「わざとぶつかったわけじゃ――」

「当り前だろ。だがな、人に突き当っといて、謝りゃ済むと思ってんのか？　見たところ田舎者だな」

「でも……」

「ちゃんと、すまないって気持を金で表わせよ」

お金？　お金を出せって言ってるんだ。

「お金、持ってないんで」

純子は真直ぐに言い返した。

「じゃあ、身ぐるみはいでやろうか。俺たちが一晩付合ってやるぜ」

何よ！　このヘナヘナした奴。

純子は腹が立った。――もちろん、どこにだって、こんな手合はいる。でも、今、せっかく純子が「華やかな大都会」に感激しているところへ、水を差すようなことをするのが許せなかったのである。

「お断りです」

と、純子ははねつけて、「鏡見てから言いなさいよ」

「何だと……」

純子は、胸ぐらをつかもうとした相手の腕をつかんで、

「ヤッ！」

とひと声、背負い投げを食らわせた。

技はみごとに決って、相手は「ウーン」と唸ってのびてしまった。

「こいつ！」

身構えた純子は、残る二人が、ナイフを取り出すのを見て青くなった。素手ならともかく、ナイフで切りつけられたら——。

「その顔を切り裂いてやる！」

ナイフの刃が迫ってくる。

そのとき——その二人のえり首をつかんで引きずり倒した男がいた。

「何しやがる！」

と、起き上った二人が、そっちへナイフを向けたが、アッという間にナイフを叩き落とされ、腹と顔を殴られて二人ともものびてしまった。

「——大丈夫か？」

スーツにネクタイ、コートを軽くはおったその男は、四十前後に見えた。

「ありがとうございました」

と、純子が礼を言うと、

「柔道をやるのか。しかし、用心しないと、どんな仕返しをされるか分らないぜ」

と、その男は言った。

「はい。すみません。つい、カッとなって」

「一人かね？」

「あ……。あそこのホテルに泊ってます。ちょっと見物したくて」

「戻った方がいい。女の子一人でこの辺を歩くのは危いよ」

と、その男は微笑んだ。

何となく安心できる笑顔だった。

「ありがとうございました」

と、純子は改めて礼を言うと、「じゃ、ホテルに戻ります」

「それがいい」

と言って、「――送って行ってあげよう」

「え？　でも……」

「別に急ぐ用があるわけじゃないんだ。あのホテルだろ？」

「そうです」

「地下鉄の駅のところを抜けると近いよ。案内してあげよう」

「どうも……」

大勢の勤め帰りの人が呑み込まれて行く、地下鉄の入口を、純子はその男と一緒に下りて行った。

「――この地下道から直接ホテルへ入れるんだよ」

「へえ！　便利ですね」

純子は、地下道を行く人たちの足取りの速いことにびっくりした。

「みんな急いでるんですね」

「そういうわけじゃないが、何となく気がせくんだね。早く家へ帰りたいだろうし」

「そうか……。家族が待ってるんですね」

「君は、両親と東京へ来てるの？」

「いえ……。おばあちゃんと。親はいないんです」

「そうか」

「でも――色々とんでもないことがあって」

「とんでもないこと？」

「家にいたときは思ってもいなかったことです。――あ、ここですね、ホテルの入口」

「ああ、そうだ。エスカレーターを上るとロビーに出るよ」

「ありがとうございました」

「気をつけて」

「私、倉橋純子っていいます」

つい、名のっていた。

ちょうどそのとき、ケータイを手に、メールでも打っているらしい若い男が、男に突き当りそうになった。

「おっと」

と、男は危うくよけたが、相手はチラッと男を見ただけで、謝るでもなく、そのまま行ってしまった。

「やれやれ。まるで周りが見えないで歩いてるんだ。危いね」

「本当ですね。そんなに急ぐ用事があるんでしょうか」

「全くだね。——さあ、ロビーまで送ってあげよう」

「ありがとう」

純子は、男と並んでエスカレーターに乗ると、「私、東京へ移って来たいと思ってます」

と言った。

「ほう」

「高校をどこか見付けて転校して。おばあちゃんは畑があるからだめだって言ってるんですけど……。でも説得してみせる」

「決心は固いんだね」

と、男は微笑んだ。

ロビーに上って、純子は、向うの方に祖母のあや子の姿を見付けた。

「あ、おばあちゃんだ。——おばあちゃん！　ここ！」

と、手を振る。

あや子は急いでやって来ると、

「どこへ行ってたの？　捜してもいないし……」

「へへ。ちょっと外を散歩して来た」

「まあ！　子供が一人で出歩くなんて」

「子供じゃないよ、私」

と、純子は言い返して、「このホテルに来る近道を教えてくれたの、この人が」

振り向くと——もう男の姿はなかった。

「あれ？　おかしいな」

純子は首をかしげた。

「どうしたの？」

「一緒にエスカレーターで上ってきたんだけど……。男の人。とてもいい人だよ」

「まあ、まさか部屋のナンバーなんか教えてないでしょうね」

「何も言ってないよ。それにもう中年の人。紳士だったよ」

その紳士が不良たちをのしてしまった、ということは、言わなかった。

「私、これから何か食べる。おばあちゃんは？」

「もう沢山。でも、紅茶でも付合おうかしらね」

「おばあちゃんも、大分慣れて来たね、ホテル暮しに」

「からかわないで」

と、あや子は笑って、「じゃ、そこのレストランに入りましょうか」

と、純子を促《うなが》した……。

「私なら大丈夫」

と、太田美久は言った。「お友達の所に泊めてもらうから。心配しないで」

「ごめんなさいね」

と、明石涼子は、病院の廊下の奥で、ケータイで話していた。「朝までには帰るから」

「うん。分った」

と、美久は言った。「学校は休んじゃうから」

「そんなこと……。申し訳ないわね」

「一日ぐらい、どうってことないよ」

と、美久は笑って、「パパ、元気にしてるって電話があったし」

「そう。じゃ、また連絡するわね。帰ったら、メール入れるようにするから」

「はい、了解」

美久の明るさは、涼子の重苦しい気分を救ってくれた。

——涼子はケータイを手に、勝野秀の病室へと戻った。

「秀兄ちゃん」が目を覚ますまで、とベッドのそばについている。しかし、もう夜の十時を過ぎたが、勝野は眠り続けていた。

ベッドの傍《そば》の椅子にかけて、勝野の寝顔を眺めていると——もちろん、今は重傷を負っているのだから、のんびり眠っているときとは違うが——昔、よく遊んでくれた「秀兄ちゃん」の面影を捜してしまう。

別の世界で、全く違う人生を送って来た勝野だが、眠っていると、遠い昔に戻ったかのようで、涼子はつい涙ぐんでしまうのだった……。

勝野が少し呻《うめ》いて身動きした。——ハッとして、涼子が腰を浮かす。

しかし、勝野はまた眠ってしまったようだった。

涼子は少しがっかりしたが……。

腰を浮かした姿勢から、そっと立ち上ると、そのまま勝野の方へ顔を近付けた。そして、彼の唇に唇を重ねた。

すると——勝野が目を開けたのである。

「——起しちゃった？」

と、涼子は言った。

「涼子……ちゃんか？」

と、かすれた声で、「ここで……何してるんだ」

「お見舞に来たのよ。いいでしょ？」

「しかし……危いよ、こんな所にいちゃ」

「大丈夫。警察の人が大勢で警備してくれてるわ」

「俺のことを？　物好きな奴もいるもんだ」

と、唇の端をちょっと持ち上げて笑ったようだ。

「痛む？　でも助かって良かったわ」

「こういう商売をしてりゃ、仕方ないのさ」

「そんなこと言わないで！　ね、元気になったら、もう今の仕事はやめて。せっかく助かったのよ。新しい人生を始めてちょうだい。私が力になるわ」

「涼子ちゃん……」

「ね、そうしてちょうだい。私と結婚して」

思わず口にしてから、自分でもびっくりした。勝野もしばらく唖然としていたが、

「──本気かい？」

と訊いた。

「ええ。──ええ、本気よ。こんなこと、本気でなくて言えると思う？」

「しかし、涼子ちゃん……」

「文句言わないで！　まさか──結婚してないわよね」

「ああ。独りだよ。ずっと独りでいるつもりだった」

「そんなの寂しいじゃない！　私と一緒に、新しい生活を始めましょう」

そういって、涼子はもう一度、今度は本格的に勝野にキスしたのだった。

そして——涼子が顔を上げると、

「涼子ちゃん……。俺を窒息させるつもりかい？」

「それって、いいわね！　死にたくなかったら、私と結婚しなさい！」

「君は無茶だな」

「昔からよ」

「そうだったか？」

「そうよ。秀兄ちゃんのことが、ずっと好きだったから」

「しかし——」

「もう観念して。私は決めたの。二度とあなたを一人にしないって」

「涼子ちゃん……」

「もう離れない。ずっとあなたにつきまとってやるわ」

「怖いね」

「そうよ。恋をしてると、女は怖いものなの。よく憶えておいて——」

そこまで言ったときだった。

突然、病室の窓を突き破って、何かが飛び込んで来た。反射的に、涼子は勝野の上に覆《おお》いかぶさった。

次の瞬間、爆発が起った。

「何てことだ……」

淳一は呟いた。

病室のドアは吹っ飛び、壁がひび割れている。病室の中は、椅子や机がバラバラになって散らばっていた。

「ロケット砲が打ち込まれたのよ」

と、真弓が言った。「いくら何でもね……」

「犯人は？」

「車の中から発射して逃げたけど、パトカーが行く手をふさいだの。取り囲んだら、車の中で爆発が……」

「自爆したのか？」

「さあ……。ともかく乗っていた三人の男は全員即死したわ」

淳一はベッドが失くなっている病室の中を見渡して、

「勝野は死んだのか」

と言った。

「いえ、生きてるわ。他の病室に移してあるの」

「助かったのか、この爆発の中で?」

淳一が驚いて訊いた。

「足とかに少しけがしてるけど……。ただ、勝野の上に覆いかぶさったの。明石涼子さんが」

淳一は息を呑んだ。

「それじゃ――」

「明石さんは砲弾の破片《はへん》を体に受けて……。運び出されたときは、もうほとんど息がなかったそうよ」

「畜生……。そばにいさせるんじゃなかった!」

「ツイてない人だったのね。――太田美久さんに連絡したわ。泣きじゃくってた」

淳一はしばらく立ちつくしていたが、

「――勝野は話せるのか」

「どうかしら」

勝野が移された病室へ、淳一は顔を出した。

「――あんたか」

勝野は無表情なまま、「死にそこなった俺をよく見てってくれ」

「気の毒だったな」

と、淳一は言った。

「涼子ちゃんは……俺が殺したんだ」

「そうじゃない。殺した奴を憎め。自分を責めても、彼女は喜ばない」

「ああ……。なあ、あんたに頼みがある」

「何だ？」

「犯人を捕まえたら、俺が殺すまで待っててくれ」

「勝野――」

「俺は、必ず奴を殺す」

勝野はじっと天井《てんじょう》を見つめていた。

9　再会

「困ったもんだわ……」

と呟いて、ホテルの廊下へ出たのは、倉橋あや子である。

純子が夜ふかしなのは仕方ないとして、自分まで……。

もう、夜中の十二時になろうとしている。

考えてみれば当然かもしれない。家では毎日畑仕事をしていた。それも朝早くから、暗くなるまでだ。

しかし、このホテル住いでは、そんなこともできない。

運動不足で眠くならないのだ。

純子は十一時ごろお風呂に入ると、アッという間に寝てしまう。

あや子は、一旦ロビーに下りてみたが、さすがにラウンジも十二時には閉る。

「ご用でいらっしゃいますか?」

と、フロントの人間が気をつかって訊いてくれる。

「あの……どこかお茶の飲める所は……」

「それでしたら、最上階のバーが、深夜二時まで開いております」

「いいえ、お酒はちょっと——」

「大丈夫でございます。コーヒー、紅茶、日本茶など、何でもご注文いただけます」

と、さっさとエレベーターのボタンを押してくれる。

そうなると、何だか行かないと申し訳なくなって、

「どうもありがとう」

と、お礼まで言って、エレベーターで最上階へ。

七十三にもなって、都心のホテルのバーに一人で入るという初体験をすることになったのだ！

それでも、ホテルの中で倉橋あや子と純子は「有名人」で、バーへ入ると、

「これは倉橋様」

と、支配人らしい男性に名前を呼ばれてびっくりする。「こちらへどうぞ」

夜景を見下す窓際の席。——あや子は、こんな所で、

「お番茶を」

とも言い辛くて、つい、

「何か……日本酒あります？」

「もちろんでございます！」

お酒がしゃれたグラスで出て来る。

田舎ではお祭のときなどに茶碗で飲むこともあり、飲めないわけではなかった。

そして一口飲むと、

「まあ……」

さすがにいい酒である。スッと飲んでしまい、つい、

「あの……もう一杯」

と頼んでしまった。

久しぶりに飲んだせいか、じき体がポッと熱くなってくる。

そうなると、あや子も少し気が大きくなって、モダンなデザインの椅子に寛《くつろ》いで座り直した。

「純子のこと、言えないわね」

と、苦笑しながら呟く。

最上階から眺める夜景は、真夜中だというのに、まだ華やかで、あや子の目を楽し

ませてくれた。

　二杯目はゆっくりと一口ずつ飲んだ。すぐに飲み干したら、また「もう一杯」と言ってしまいそうだ。

　もちろん、夫の死と、その裏にある様々な事情には胸をいためたが、そこは年齢と、長年畑仕事をして来た身で、「起ったことは仕方ない」と諦めるのに慣れている。

「なるようにしかならないわね……」

　と、あや子が呟くと――。

　テーブルを挟んだ向いの椅子に、誰かが座った。

　え？　――あや子は当惑したが……。

　高級なスーツとネクタイ。洗練されたビジネスマンという感じだった。

「あの……」

　と、あや子が言いかけると、その男が少し照れたように微笑んだ。

「――まあ」

　笑顔を見忘れるはずがない。――わが子の笑顔を。

「お前……」

「母さん、元気そうだね」

と、男は言った。

「敏哉《としや》……。敏哉なの、本当に？」

夢でも見ているのかと、さすがにあや子も呆然としていたが、

「生きてたの、お前」

出稼ぎに行った工事現場の事故で死んだはずの息子がいきなり現われたら、それはびっくりする。

「あんな現場なんて、いい加減だからね」

と、息子は言った。「行くはずだったのに、他の奴が僕を出しぬいて、トラックに乗ってっちまったんだ。僕は置き去りにされて、プレハブでふて寝してた。そしたら事故の知らせがあって……。僕の名前で登録されてたんで、死んだって発表されたんだよ」

「まあ……」

確かに大規模な土砂崩れが起きて、死体は何人か発見されないままだ。倉橋敏哉もその一人だった……。

あや子がまだ唖然《あぜん》としていると、

「実は今夜、偶然純子をこのホテルまで連れて来たんだ」

と、敏哉は言った。「名前を聞いて、びっくりして、ロビーまで上ったら、母さんがいるじゃないか！　あわてて逃げ出しちまったよ、つい」

「お前、どうして――」

と、あや子が言いかけると、

「訊かないでくれ」

と、敏哉は遮《さえぎ》って、「今に分る。――僕は生れ変ったんだ。新しい人間になって、やり直すことにした」

「だけど……」

「父さんのことは知ってる。――ニュースで見てショックだったよ」

と、ちょっと重苦しい表情になったが、「しかし、純子があんなに大きくなってたのにはびっくりした。嬉しかったよ」

「あの子には――」

「黙っててくれ。いずれ、ちゃんと名のるようにするから」

「そんな、お前……。でも、私も信じられないくらいだからね」

「母さんの顔が見たかったんだ」

敏哉は立ち上ると、「じゃ、母さん、またね」

と、足早に行ってしまった。

今のは――夢だったの？

あや子は、無意識の内に、飲みかけていたグラスの日本酒を一気に飲み干していた。

「――もう一杯、お飲みになりますか？」

と、ウェイターがそばに来て訊いた。

「え？」

あや子はグラスが空になっているのに気付いて、「――ええ、もう一杯」

と言っていた。

夢ではない。今、確かに敏哉と話をした。

一体どうなっているんだろう？　夫も息子も、この都会で、何をしていたのか？

すると、

「おばあちゃん！」

と、声がして、純子が立っていた。

「純子。――どうしたの？」

「どうしたの、じゃないよ！」

と、純子は向いの椅子に座って、「こんな遅くに、ベッドが空で、一体どこへ行っちゃったんだろうって心配で……」

　たった今、その椅子にあんたのお父さんが座っていたのよ……。

「まあ、ごめんよ。目が覚めちまってね」

「フロントの人が、バーに行ったって。でも、まさか、って思って。おばあちゃんがバーに行くなんて！　でも、念のためと思って来てみたら……」

　純子はまくし立てるように言って、「おばあちゃん、何飲んでるの？」

　いつの間にか新しいグラスが置かれていた。

「これ？　日本酒よ」

　純子は唖然として、

「信じらんない！　おばあちゃんがホテルのバーで、お酒飲んでる」

　と言って、息をつくと、「私も飲む！」

「お酒はだめよ」

「分ってる！　オレンジジュース、下さい！」

　と、純子は注文した。

「どうだ、目立つだろう」

と、田中は言った。

「呆れた」

と、妻の香子《きょうこ》は苦笑して、「他人のトロフィーなんか飾ってどうするのよ」

「いいんだ！　ゴルフをやってる、ってことさえ分れば」

田中浩《ひろし》は〈S産地〉の営業マンである。

「いいの？　勝手に持って来ちゃったんでしょ？」

「なあに、沢山並んでたんだ、一つぐらいどうってことないさ」

「でも、倉橋さんって、殺された方でしょ？　その人のを持ち出して……」

「そのときはまだ殺されてなかった」

太田の前に倉橋寿一の家を訪ねていた男だ。

「そういえば」

と、妻の香子が思い出したように、「夜のニュースで、太田さんって人が犯人じゃないと分ったたって言ってたわ」

「そうか。——ま、あいつに人殺しなんかする度胸はないさ」

田中は飲んで帰宅したところだった。

倉橋寿一を訪ねて行ったとき、話の途中で倉橋が電話に出て、部屋を出て行った。

そのとき、何気なく眺めたのが、ズラッと並んだゴルフトーナメントのトロフィーだ。

ふっと思い付いて、あまり目立たない小ぶりのトロフィーを、営業用の大きな鞄に入れた。

今の社長がゴルフに熱中していて、話を合せるために、田中も最近ゴルフを始めたのだが、むろんそう簡単に上達するわけはない。せめて居間の棚の上にトロフィーの一つでも飾っておけば、気分が出る。

「――何か食べる？」

と、香子が訊いた。

「ああ……。お茶漬でも」

「ちゃんと食事しないと体こわすわよ」

「なに、酒のつまみだって、結構腹にもつよ」

田中は欠伸して、「風呂に入ってくる。その後でいいよ」

「はいはい」

――勝手なこと言って！

香子は、田中との結婚生活に退屈していた。子供がいないせいもあったが、営業マンの夫は毎晩帰りが遅く、会話はほとんどなかった。

ソファの上に脱ぎ捨てられた背広とワイシャツ、そしてしなびたようなネクタイ……。

最近は休日も近くのゴルフ練習場へ行くようになって、ますます夫婦が一緒に過すことはなくなっていた。

「あら」

夫が棚に置いたトロフィーを見て、香子はちょっと眉をひそめた。「曲ってるじゃないの。いやだわ」

プレートの面が斜めを向いている。香子はこういうことが気になる性質だった。

「ちゃんと真直ぐ！　——これでいいわ」

直したとき、香子の指が、トロフィーの裏側の小さなネジに触れた。それはネジに見えて、押すとカチッとスイッチが入るのだった。

むろん、香子は気にもとめなかった。

——一方、田中浩は、風呂に入り、少し酔いが覚めてくると、

「はっきりさせないとな」

と呟いた。

まさか、あの年寄が殺されるなんて、思ってもみなかったが、それは田中にとって好都合でもあった。

太田より一歩早く着いて、あの土地を売るという契約をつかんだ——ことになっていた。

しかし、実は倉橋寿一ははっきり返事をしてくれなかったのだ。

どういうわけか知らないが、あののろまな太田のことを気に入っているらしかった。田中は焦った。

そして、倉橋が電話している間に、トロフィーを一ついただいただけでなく、テーブルにあった倉橋の印鑑を勝手に押してしまったのだ。

戻って来た倉橋へ、

「また改めて伺います」

と言って、そのまま倉橋家を出た。

そこで太田とバッタリ会ったのである。

倉橋は死んでしまった。印を押した契約書は田中の手元にある。

そうだ。倉橋の妻が上京していると聞いていた。契約書を見せて、何としてもあの土地を手に入れるのだ……。

——風呂を出ると、田中はバスタオルを腰に巻いただけで、

「おい、香子、あのネクタイ、どこだっけ」

と、居間へ入って行くと……。

香子が青ざめて立っていた。そして、コートをはおった男が田中の方を振り向いた。

男の手にした拳銃も、一緒に田中の方を向いた……。

10　祝いの涙

「じゃあ……ともかく、太田さんの疑いが晴れて、大手を振って歩けるようになって、おめでとう」

と言ったのは、須田五月。

バー〈M〉で、小さな「お祝いの会」が開かれていた。

「ありがとう」

と、太田が言った。「僕の無実を信じてくれて。しかもここにかくまってくれた。感謝してるよ」

「太田さんを知ってる人なら、誰でも同じよ」

と言ったのは、須田五月の娘、弥生だった。

バー〈M〉には、他に太田の娘、美久と、今野淳一、真弓の二人もやって来ていた。

太田の指名手配が取り消されたことを祝う会だったが……。

「明石君がここにいてくれたらなあ……」

と、太田が涙ぐむと、美久がグスグスと泣く。

殺された明石涼子をしのぶ会のようになってしまった……。

「涼子さんの敵《かたき》は必ず取るわ！」

と、真弓が宣言した。「犯人を逮捕した際には、ここにいる人たちに一発ずつ殴らせてあげる」

「私、二発」

と、美久が言った。

「ともかく――」

と、淳一が静かに言った。「凶悪な連中が乗り込んで来ている。――みんな用心した方がいい」

「襲って来たら、やり返してやる！」

と、美久は無茶を承知で言った。

「美久にも苦労かけたな。まさか、母さんが出てってしまうとは思わなかった」

「ママは呑気だよね。好きな相手と駆け落ちなんて」

「しかし、いつまでも泣いてちゃいけない。明日は会社へ行ってみる」

と、太田は言った。「たぶん、僕の席はないだろうけど」

「でも、疑いが晴れたんじゃない」

と、五月が言うと、

「指名手配された時点でクビになってると思うよ。会社の名前に傷がつく、ってね」

「ひどい話ね」

「ともかく出社してみると、どうなってるか分るだろう」

と、太田が言った。

「そういえば」

と、淳一が言った。「倉橋寿一さんの土地を売ってくれと頼んでいたんだね？」

「ええ。しかし、〈S産地〉の田中って奴に取られちまいました」

「あの営業マンね」

と、真弓が思い出して言った。

「待ってくれよ」

と、淳一が言った。「今、田中に取られたと言ったね？」

「ええ。何しろあいつは頭の切れる男でして」

「取られた、というのは、倉橋寿一さんが、あの土地を売ると言ったってことかい？」

「ええ。田中が一足先にあの家へ行って、契約してしまったんです」

淳一と真弓は顔を見合せた。

「そんなわけないわ」

と、真弓が言った。「倉橋さんがあそこを売るなんて」

「どうしてです?」

と、太田がふしぎそうに訊いた。

「ともかく――あり得ないのよ」

地下の隠し部屋に、宝石や現金をしまい込んでおいて、その土地を売るわけがない。

「うん。今は話せないが、倉橋さんがあの土地を売ることはない」

「でも田中は確かに……」

「明日にでも、真相を白状させてやるわ」

「というと……。田中が契約書を勝手に作ったということですか?」

「もし、その契約書が本当に存在するのなら、それはインチキね」

太田は目を丸くして、

「そんなことが……。いや、田中なら契約を取るだろうと思って、少しも疑いませんでした。もしかすると、田中もノルマがあって、何とかあの土地を欲しかったのかも……」

美久がちょっと笑って、

「パパはお人好しだね」

と言った。

みんなも笑顔になった。

「――そうね」

と、五月が言った。「でも、それって、すてきなことよ」

「うん」

と、美久は肯いて、「私も、パパのそういうとこが好き」

「偉い」

と、五月は美久の肩を叩いた。

真弓のケータイが鳴った。

「道田君だわ。こんな感動的な場面を邪魔するなんて。――はい、真弓よ」

と、向うの話を聞いていたが、「――じゃ、バー〈M〉にいるから、迎えに来て」

通話を切ると、真弓は、

「問い詰めてやるわけにいかなくなったわ」

と言った。

「――何のことだ？」

「田中のこと。――殺されたそうよ」

淳一も、さすがに唖然とした。

「銃声がして、マンションの人が見に行ったら、田中が撃ち殺されてたって」

「――何てことだ」

と、太田が愕然《がくぜん》として言った。

「それだけじゃないわ。田中の奥さんも撃たれていたって……」

「死んだのか」

「いいえ。重体だけど、今病院へ運ばれて行くところですって。助かるかどうか分らないけど」

「奥さんだけでも、せめてな……」

「弾丸が心臓をわずかにそれたそうよ。銃声を聞いた隣の人がすぐに駆けつけたんで、犯人は逃げるしかなかったようね」

「犯人を見た人間が？」

「いいえ、ドアの隙間から発砲したんで、みんなあわてて隠れたって。だから姿は見てない」

「それでいいんだ。命あっての、だからな」

淳一は、そう言うと、「その田中の部屋に行ってみよう」

「今、パトカーが迎えに来るわ」

と、真弓は言って、「じゃ、私たちは失礼します」

「用心して下さいね」

と、五月は言った。「もうこれ以上、人が死ぬのは見たくないわ」

「同感です」

と、淳一は言った。「人の命が、こんなに軽くなってしまったんですね」

やがてパトカーのサイレンが聞こえて来た。


淳一と真弓が現場のマンションに着いたとき、道田に、田中の妻が命を取り留めそうだという知らせが入った。

「――良かったわ」

と、真弓は言った。

「しかし……」

淳一は首をかしげた。「どうしてだ?」

なぜ田中は殺されたのか? 淳一にも見当がつかなかった。

「――どこといって、変ったところのない部屋ね」

田中の部屋へ入って、真弓は言った。

「――どうやら風呂上りだったようだな」

淳一は腰にバスタオルを巻いただけの死体を見下ろして言った。

弾丸は心臓を撃ち抜いている。――プロの仕事だ。

妻を狙った弾丸は、わずかにそれた。幸運だったと言うべきだろう。

検死官の矢島《やじま》がやって来ていた。

「おい、ここんとこ、忙しいぞ」

と、矢島は真弓に言った。「俺をあんまり忙しくさせないでほしいね」

「犯人に言って下さいな」

矢島が死体を見る。――淳一は、棚の上のトロフィーに気付いた。

「――あら、ここにもトロフィー?」

と、真弓も棚を見て言った。

淳一はちょっと首をかしげると、棚のトロフィーを手に取って、

「おい、あの倉橋の所のトロフィーを調べたか？」

と訊いた。

「トロフィー？」

真弓はキョトンとしていたが、「――ああ、ゴルフのね。もちろんよ」

「これを見ろ」

と、淳一はトロフィーを手にして、「倉橋の名前が入ってる」

「――あら、本当だ」

と覗き込んで、「どういうことかしら？」

淳一は居間の隅のゴルフセットを見て、

「田中って男、ゴルフ初心者だな。ありゃ、セットでいくらって特売品だぜ」

「へえ。あなた、分るの？」

「そりゃそうさ」

泥棒が盗むものの価値も分らないでは、仕事にならない。

「きっと、見栄を張りたくて、倉橋の所から一つ失敬して来たんだろう」

「まあ！　それじゃ泥棒じゃないの！　泥棒はいけないわ」

真弓はわざとらしく言った。「その死体を逮捕しましょう」

「まあ待て」

淳一はそのトロフィーを手にして、重さを測るように揺らすと、「――この大きさにしちゃ、重いな。中に何か入ってる」

淳一はトロフィーを逆さにして、台座の底を見た。

「金属のパネルがネジでとめてある。――誰かドライバーを持ってないか？」

鑑識の人間が、ポケットから万能ナイフを取り出して、淳一に渡した。

底のパネルを外すと、

「――そうか」

と、淳一は言った。

「何か入ってる？」

「見ろよ。おそらくこれは発信器だ」

「発信器？　何のために？」

「この外側のネジが、スイッチになってる。これを押すと電波が飛ぶんだろう」

「それじゃ、他のトロフィーも？」

「おそらくな」

と、淳一は肯いて、「たぶん、田中か奥さんが知らずにスイッチを押してしまったんだろう。それで、誰かがここへやって来た……」

「道田君！」

真弓は道田に、全部のトロフィーをすぐ調べるように指示した。

「――しかし、何のための発信器なのかな」

と、淳一は考え込んだ。

そして、ふと真弓の方を向くと、

「おい。撃たれた奥さんのこと――」

「分ってるわ。亡くなったと発表するように言ってあるわよ」

と、真弓は言った。

「それがいい。――犯人をおびき出すのはあまりに危険だ」

普通なら、撃たれた奥さんが犯人の顔を見ているだろうから、もう一度殺しに来るのを待ち構えるという手もある。

しかし、今回の相手は、勝野の病室にロケット弾を撃ち込むような無茶をする。巻き添えで犠牲者が出ることなど、何とも思っていないだろう。そんな危険はおかせない。

「撃たれた奥さんに話を聞くのは大分先になるでしょうしね」

と、真弓は言った。

「念には念を入れた方がいい。奥さんの方の葬式も出すんだ。撃った奴も、確実に死んだか、疑ってるだろう」

「手配するわ」

と、真弓は肯いた。

真弓のケータイに着信があった。

「――もしもし？」

「今野さんですか」

と、動揺している声で、「K病院の八町です」

「ああ、どうも。何かあったんですか？」

真弓の口調に、淳一も寄って来て耳を近付けた。

「負傷している勝野さんが、いなくなってしまったんです」

「勝野が？　誰かに連れ去られたわけじゃ――」

「それはないと思います。自分で、白衣をはおって、監視している人の目をくぐって逃亡したようです」

「やったか」

と、淳一は言って、真弓からケータイを受け取ると、「明石さんを殺された仕返しをするつもりでしょう」

「でも無理ですわ！　あのけがです！」

と、八町めぐみは言った。

「ああいう男なんです。それで——」

「一人じゃなかったんです」

「オサムですね」

と、淳一は言った。「オサムが手助けしなければ、勝野一人ではとても逃げ出せなかったでしょう」

「そうなんです」

と、八町めぐみは言って、「今野さん、二人を見付け出せないでしょうか。お力を貸して下さい」

めぐみの声は震えていた。

「もちろん、できる限りのことはさせてもらいます」

「そう——そうですよね。すみません、取り乱してしまって」

「いや、分りますよ」

「あの……もし、勝野さんからそちらに連絡があったら、伝えていただけませんか」

「言ってください、必ず伝えますよ」

「薬が……痛み止めや抗生物質が切れると、傷が悪化するかもしれません。もし必要なら、どこへでも届ける、と伝えて下さい」

「八町さん――」

「いえ、もちろん、警察の方の邪魔をするつもりはありません。ただ医師として、患者さんが苦しんでいるのを放っておけないんです」

「分りました」

と、淳一は言った。「もし、話すことがあったら、必ずそう伝えましょう」

「お願いします。――すみません、無理を言って」

八町めぐみは通話を切った。

一緒に聞いていた真弓は、

「何だかおかしかったわね」

と首をかしげた。「妙に声も上ずってたし」

「うん。勝野かオサムのことで、きっと何か事情を抱えてるんだろう」

八町めぐみと話してみよう、と淳一は思った。相手が刑事では言いにくいことも、話せるかもしれない。

その男は、ホテルのロビーで、ニュースを流しているTVを見て、ソファにかけると、ケータイを取り出した。

「——もしもし」

と、男は言った。「今、ニュースで——」

「知ってる」

と、相手は素気なく言った。「お前らしくもないぞ。その場で仕止めなかった」

「分ってる。とっさのことだったんだ」

「まあ死んだからいいようなもんだが、二度とこんなヘマはやるなよ」

そう言うと、相手はさっさと切ってしまった。

「畜生！」

と、つい文句を言ったのは、安田《やすだ》という男で、「自分じゃ何もしねえくせに！　偉そうなこと言いやがって」

ふと傍を見ると、七、八歳の男の子が、ふしぎそうにこっちを眺めている。

「——何だ？」

と、安田はいささかムッとして、「俺の顔に何か付いてるか？」

大人ならちょっとビビッてしまうところだろうが、男の子は目をパチクリさせて、

「何を怒ってるの？」

と訊いた。

調子の狂った安田は、笑ってしまった。

「さあ、どうしてかな」

と、クビを振って、「坊や、名前は何ていうんだ？」

「雄一《ゆういち》。〈一番の英雄〉だって」

「〈雄一〉か。いいなあ。男らしくて」

「おじさんは？」

「ああ……。俺は〈瞳《ひとみ》〉っていうんだ」

「え？　女の子みたい」

「そうだろう？　うん、今、おじさんは自分の名前が気に入らなくて怒ってたんだ」

それは半分本気だった。安田瞳。――およそ〈殺し屋〉には似つかわしくない名前である。

だから、殺しの依頼を受けるとき、ときには殺す相手に名のるとき、姓の〈安田〉

しか言わないことにしていた。

そうだ。あの女房に銃を向けたとき、

「どうして浩さんを殺したの？」

と言われて、浩さん、か。いい名だ、と考えたりした。

引金を引くのが一瞬遅れて、女房は即死というわけにいかなかったのだ。

しかし、まあ——結局死んだというのだから、問題はない。

そうさ。文句を言われる筋合はない。

人を殺したことのない奴から、あんな横柄な口をきかれるのは許せない！

「あんまり怒らないほうがいいよ」

と、男の子は言った。「怒ると体に悪いんだって。いつもママが言ってるよ」

「そうだな。ママの言う通りだ」

安田はニヤリと笑って、「雄一はいい子にしてろよ」

「うん」

男の子がこっくり肯くと、

「雄ちゃん！　何してるの！」

と、ロビーへやって来た女性が呼んだ。

「ママ、ここだよ」

男の子はそう言って、安田の方へ、「バイバイ」

と、手を振って、行ってしまった。

その母親は、どことなく、あの田中という男の女房と似ているようだった。

安田は、何だかあの女房が生き返って来たような気がして、ドキリとした。

ケータイが鳴って、出てもしばらく向うは何も言わなかった。

「勝野か」

と、淳一が言うと、

「ああ。聞いたか」

「傷も治ってないのに、無茶しやがって」

「どうせ、俺は一度ならず二度も死んでるんだ。今さら命は惜しくねえ」

と、勝野は言った。「頼みがある」

「何だ？」

「今、刑事のかみさんは一緒か」

「いや、今は一人だ」

「それなら頼む。俺を殺そうとした奴のことが何か分ったら、教えてくれ」

「勝野――」

「お願いだ。どうしてもこのままじゃいられない」

「分るよ」

「病院を逃げ出したのも、また俺を狙って攻撃して来て、無関係の人間が巻き込まれたら、と心配だったからだ」

「――そうか」

「よろしく頼む」

「待て。お前に伝言だ」

「伝言？　誰から？」

「あの八町って女医さんからさ」

「ああ。――何だっていうんだ？」

「痛み止めや抗生物質が切れたら、知らせてくれ。どこへでも届ける。――そう伝えてくれと言われた」

少しの間、勝野は黙っていたが、やがて、

「本気か？」

と言った。

「どうみても本気だ。お前にも分るだろう」

「うん……。確かに、よくやってくれた。しかし、どうしてそこまで……」

「俺にだって分らんさ。お前はあの八町めぐみさんに、心当りはないのか」

「さあ……。記憶にないな」

「そうか。ともかく、お前たちのことを心配してる」

「礼を言っといてくれ。薬はまだある」

「伝えとくよ」

勝野は少し間を置いて、

「――俺みたいな者のことを心配してくれる奴がいるんだな」

と言った。

「そうだ。だから、死ぬんじゃない。いいか。生きのびろ」

「ああ……」

「明石涼子さんも、お前に生きのびてほしかったんだ」

「そうだな……」

と、勝野は言って、「しかし、今度の相手は、命がけでかからねえと倒せないだろうぜ」

「ああ、そうだな。俺も覚悟してる」

と、淳一は言った。

「恋女房を泣かせるなよ」

と、勝野はちょっと笑って言った。

それでいい。――笑うぐらいの余裕を持つことだ。

凶悪な相手に勝つには、相手の持っていないものを持つことだ。

「じゃ、用心しろ」

と、淳一は言った……。

11　消えた刑事

「あの……くれぐれもよろしく……」

ホテルの支配人が、これ以上遠慮がちにはできないだろうというほど、おずおずと言った。「他のお客様も大勢いらっしゃいますので……」

その支配人をジロッとにらみながら、真弓はひと言、

「くどい！」

と言った。

「は……。申し訳も……」

支配人は早々に立ち去った。

「本当にしつこいんだから！」

と、真弓は顔をしかめた。

「そう言うな」

と、淳一が苦笑して、「向うも、何かあれば責任問題だ。つい、念を押したくなるのさ」

「一度言われりゃ分るわよ」

と、真弓は言った。「道田君！」

さっきからロビーを忙しく駆け回っている道田刑事が、真弓の声を聞きつけて、遠くから走って来た。

「お呼びですか！」

と、息を切らしている。

「いつでも私が呼んだら、飛んで来られるような位置にいてね」

「かしこまりました！」

――よくいやにならないもんだ、と淳一はいつも道田を見ていて感心する。

道田としては、ひそかに（でもなく、明らかに、だが）真弓に恋焦がれているので、ともかくどんな扱いをされようと、声をかけてもらえるだけで幸せなのである。

「ホテル周辺の警備はどうなってる？」

「ご指示通りにしてありますが。――もう一度確認して来ましょうか」

「そうね……」

淳一が見かねて、

「今からホテルの周りを駆け回ったら時間がかかる。それより、この宴会場のフロアの点検をした方がいいんじゃないのか？」

と、口を挟んだ。

「そうよ！　私もそう言おうと思ってたの！」

と、真弓は言って、「それでね、道田君」

「はい！」

「ついでに自動販売機の缶コーヒー、買って来て」

――倉橋あや子と、孫の純子が泊っているホテルの大宴会場で、〈倉橋寿一さんのお別れの会〉が開かれるのである。

倉橋寿一が殺害されたとき、家を訪問していた不動産屋の営業マン夫婦が射殺されたり、また噂で、倉橋と係りがあったらしい男の入院先にロケット弾が撃ち込まれたと聞いて、ホテルの方が青くなったのも当然だろう。といって、今さら「お断り」もできない。

ホテルの支配人が「くれぐれもよろしく」と言いたくなる気持も分るというものである。

「どうなのかしら」

と、真弓は言った。「こんな所を襲って来ると思う?」

「俺に訊かれてもな……」

「冷たいのね。私に飽きたの?」

「どうしてそうなるんだ?」

「私を愛してれば、もっと真剣に答えてくれるはずだわ」

真弓の論理は、しばしば理屈に合っていないことがある。

「俺は犯人じゃないからな。ただ、充分に警戒しておくに越したことはない」

「できるだけのことはしてあるわ」

と、真弓はロビーを見渡して、「これでだめなら、ここへ戦車でも持って来るしかないわ」

「分ってる。お前はちゃんと職務を果してるよ」

そう言われると、ついニコニコしてしまう真弓だった……。

「あ、刑事さん」

と、声がして、「ご苦労さまです」

振り向いた真弓は、

「あら……」

と、目を見開いて、「どなただったかしら？」

「え？　いやだなぁ。倉橋純子です」

「分ってるわよ」

と、真弓は笑って、「急にセンス良くなっちゃったから、びっくりしたのよ」

「え？　本当に？」

と、純子は嬉しそうで、「昨日、六本木の美容院に行って来たんです！」

確かに、わずかの間にスッキリと別人のようにお洒落になっている。着ているものも、フォーマルだが、お洒落だ。

「とても似合うわよ」

「そうですか？　おばあちゃんは、『馬子《まご》にも衣裳ね』って言ってますけど」

「いや、もともと君の持ってた魅力が引き出されたのさ」

淳一にそういわれて、純子は、

「わあ！　どうしよう！」

と、照れている。

「まあ、どうも……」

そこへ、あや子がやって来た。

「今、純子ちゃんがすてきになったという話を……」

「すっかり東京に住んでるつもりになって」

と、あや子は苦笑した。「今日の〈お別れの会〉が済みましたら、一旦帰りませんと」

そう言って、ちょっと不安げに、

「あの……今日、何か物騒なことがありそうなのでしょうか？」

「ご心配なく。私たちがちゃんと見張っていますから」

「はあ……」

あや子はロビーを見渡した。

そこここに、一見して刑事と分る男たちがいる。

安心するより不安になるのが当然だろう。

そこへ、

「倉橋さん」

と、やって来たのは、ゴルフ場の支配人、松木である。

今日の〈お別れの会〉を取り仕切っている。

「まあ、色々お世話になって」

と、あや子が言った。

「いやいや。ご主人には本当にお世話になりましたので。今日も大勢人がみえると思いますよ」

「主人のために……。ありがたいことです」

「よろしければ、会場の中をご覧になって下さい。もちろん、まだ時間は充分ありますが」

「はい、見せていただきます」

あや子と純子は宴会場の中へ入って、その広々と正面に飾られた寿一の巨大な写真に目を丸くした。

「いかがでしょう？　ちょっと地味かなと思ったんですが、奥様もあまり派手にするのはお好きでないかと思いまして……」

「これで――充分でございます」

と、あや子はやっと言った。

「何時間かかると思いますので、今の内に何か召し上った方が。寝室にサンドイッチでも運ばせましょうか」

「あ……。いえ、大丈夫です」

と、あや子は言った。「純子ちゃん、何か食べておいたら？」

「うん。ラウンジに行ってくる」

すっかりこのホテルの中には通じている。

純子はさっさと一人でラウンジのフロアへとエスカレーターで上って行った。


「異状ないな……」

と呟いて、ソファにドカッと身を沈めたのは道田刑事だった。

ともかく、真弓のためなら、たとえ火の中、水の中、という道田である。

病院であんなことがあったので、今日のホテルでの会では、絶対に襲撃を防がなくてはならない。

張り切っているのはいいが、張り切り過ぎて、ホテルの周囲から、ロビーの隅々まで駆け回ってくたびれてしまった。

しかし、闘志は満々で、

「来るなら来てみろ！　返り討ちだ！」

と、威勢がいい。「――あ、忘れてた」

真弓から頼まれていた缶コーヒー!

「ええと……」

ロビーの奥の方に自動販売機があったと思うが……。

〈非常口〉へ続く、目立たない通路の奥に、自販機が明るく光っていた。

缶コーヒー……。あった!

「ブラックとミルクコーヒーか。どっちがいいかな」

と、本気で迷っている。「——うん! 両方買おう!」

余った方は自分が飲めばいい。小銭を取り出したが、百円玉が一つ、落っこちてしまった。

「あ……。待て、こら!」

百円玉は転って、自販機のかげに入ってしまった。

道田は何とか隙間《すきま》に入り、百円玉を拾ったのだが——。

「どうします?」

と、突然声がした。「何人か殺すのは簡単ですが、逃げるのは骨ですぜ」

え? ——何だ?

道田がそっと覗くと、ボーイの格好をした男がケータイで話している。

「――そうですね。ここで爆弾を使うのはどうも。――そこまでやると、警察も黙ってないでしょうし」

こいつは……。

道田はそっと拳銃を抜いた。

「――分りました。ともかくやって来る顔ぶれを撮影しておきます」

その男はケータイをポケットへ入れた。

「おい、待て！」

道田は呼び止めて、「警察だ。両手を上げろ」

男は振り向いて、

「刑事さんか」

と言った。「運が悪かったたな」

「何だと？」

次の瞬間、道田は後ろから頭を殴られ、気を失って倒れていたのだ……。

〈倉橋寿一さんのお別れの会〉には、すでに数百人が詰めかけていた。

「凄いわね」

と、真弓が感心した様子で、「大したものね」

「相当色んな方面に手を広げてたんだろう」

と、淳一が言うと、

「いいえ、私が大したもんだって言ったのは、集まったお香典が凄い金額になるだろうってこと」

「そうか……」

「あ！　女優の何とかだわ。名前、忘れちゃったけど」

真弓は受付で記帳している黒いスーツ姿の女性を見て言った。

他にもタレントの類が何人かやって来ていて、真弓の注意は専《もっぱ》らそっちへ向けられていたが――。

「私、別に野次馬根性で言ってるわけじゃないのよ。ああしてやって来る人の中に、悪い奴らが紛れ込んでいないか、チェックしてるの」

何も言われてないのに言い訳している。

しかし――淳一は他のことに気を取られていた。

二人は受付から少し離れて立っていたが、

「おい」

と、淳一が言った。「気にならないか？」

「なあに？　可愛い女の子でもいた？」

「そうじゃない！　道田君だ。さっきから見てるが姿が見えない」

「え？」

真弓はキョロキョロと周りを見回して、「──本当だわ！　どこでサボってるのかしら！」

真弓は、近くに立っていた刑事を手招きして、

「道田君はどこにいるの？」

と訊いた。

「それが……。我々も捜してるんですが、どこにも……」

「まあ。──いいわ。持場に戻って」

真弓はケータイを取り出して、道田へかけてみたが……。

「──出ないわ。どこかで居眠りしてるのかしら？」

「そんなわけないだろう。あれだけ張り切ってたんだぜ」

「それもそうね。『馬鹿』が付くくらい正直なのに。急に発作でも起して倒れてるのかしら」

そこへ、刑事が一人駆けて来ると、

「今、このケータイが鳴ってたんですけど」

と、真弓にケータイを差し出した。

「え? これ……道田君のだわ」

と、真弓は言った。「うっかりしてるわね。どこに落ちてたの?」

「あの奥の〈非常口〉のところです」

「〈非常口〉?」

「おい」

と、淳一が言った。「道田君はさらわれたのかもしれない」

「まさか!」

「もし、奴らが連れ去ったとすると、刑事だからって遠慮するような連中じゃない。

道田君が危い」

「そう……。そうね! 大変だわ」

真弓もさすがに青くなった。

「お前はここにいろ。俺が見て来る」

「お願いね! 道田君を無事に連れて帰って!」

淳一は、〈非常口〉へと急いだ。

「——ここか」

〈非常口〉のドアを開けると、階段が上下に向っている。下は駐車場だろう。

階段を下りて行くと、途中の踊り場に、男ものの靴の片方が転っていた。見覚えがある。道田の靴だ。

「やはりそうか……」

おそらく、殴られて気を失い、ここを運ばれて行った。そのとき、靴が片方脱げたのだろう。

淳一も焦っていた。あいつらは、役に立たないと思えば、ためらわず道田を殺すだろう。

「生きてろよ」

と呟きつつ、階段を駆け下りる。

もちろん、いつまでもこの辺りにいるはずはない。

駐車場は静かだったが、スペースはほぼ埋っていた。空いているのは、ほんの数台分だ。

その内の一台が犯人のものだった可能性が高い。

しかし、特に今〈倉橋寿一さんのお別れの会〉で、大勢が出入りしている。犯人たちの車を特定するのは容易ではないだろう。

どうしようか……。

さすがに淳一も迷って立ち尽くしていた。

すると——少し離れた辺りで、物音がして、淳一は素早く身を低くして、近くの車のかげへと駆け込んだ。

「——今野さん?」

と、声がした。

あの声は……。

「オサムか」

「良かった!」

ワゴン車のドアが開いて、オサムが出て来た。

「隠れてたのか?」

「そうなんです」

オサムは左腕を縛っていた。

「けがしてるな」

「大したことありません」

「そんなことあるもんか。——何か見たのか?」

「あの刑事さんが気を失って、車にかつぎ込まれてました」

「やっぱりそうか。お前、よく隠れていられたな」

「勝野の兄貴に言われて、ここへ……。きっと今日の〈お別れの会〉に奴らが現われるから、見て来い、と……。でも、ホテルは人が多いから、発砲したりするなと言いつけられてました」

「しかし、撃たれたんだな」

「下手をして、物音をたててしまったんで。でも、そのときちょうど新しく入って来た車があったんで、奴らはそのまま行ってしまいました」

「車を見たか?」

「他の車のかげに隠れて……。黒っぽい車だったことはチラッと見えましたが、それ以上は……」

「そうか。ともかく、あの病院で手当してもらえ」

「でも——」

「あそこの八町って女の医者が、お前たちのことを心配してる」

「兄貴から聞きました。でも、どうしてそこまで」

「お前が自分で訊いてみろ。――連中の車が出て行ったのはいつごろだ?」

「時刻は憶えてます。二時四十一分でした。駐車場の出口では四十二、三分でしょう」

「偉いぞ! 監視カメラに映ってるだろう」

と、淳一は肯いて、「救急車を呼ぶか?」

「大丈夫です。自分で行けます。それより今野さん」

「何だ?」

「奴らの話してるのが聞こえました」

「何と言ってた?」

と、淳一は訊いた。

「何ですって?」

真弓がつい声を張り上げた。

「大声を出すな」

と、淳一は真弓をロビーの隅へ引張って行って、「オサムが聞いたっていうんだ」

――犯人たちの車は監視カメラに映っていた三台の内のどれかと思われた。一台はタクシーだったので、他の二台の行方を追っている。

オサムは、警察の車でK病院へ向って いた。

そして、〈お別れの会〉は終りに近付いていた。

そこで淳一は、オサムの聞いた、「連中の話していたこと」を、真弓に伝えたのである。

「道田君が私の彼氏？　どういうことよ？」

と、真弓はいきり立っている。

「俺が言ったんじゃない。道田君をさらった奴らがそう言ったんだ」

オサムの「耳」は、その連中の話すのを聞き取っていた。

「こんな奴、連れてってどうするんだ？」

と、一人が言うと、

「この刑事はな、あの女刑事の恋人なんだ」

と、もう一人が得意げに言った。

「本当か？」

「ああ。こいつのことを見てたんだ。あの女刑事の言いなりだぜ。あの女のためなら命も惜しくないって感じだ。ありゃ、普通の仲じゃねえよ」

「でも、あの女、亭主がいるだろ？」

「お前、馬鹿だな！　不倫ってのは燃えるものなんだ」

「そうかな……」

「こいつを捕まえときゃ、あの女刑事をうまく利用できる。そうすりゃ、倉橋の隠してるものだって見付けられるさ」

「そうか。じゃ、縛り上げて放り込もう」

――そして、道田は連れ去られた、というわけである。

しかし、話を聞いて、真弓は、

「失礼だわ！」

と怒っている。

「そう怒るな」

「あなたは私が他に男を作ってると言われても平気なの？」

「そうじゃない！　だが、考えてみろ。もし奴らが道田君に使い道がないと思ったら、間違いなく殺してる。お前と特別の仲だと思われたからこそ、道田君は生きてられたんだ」

「なるほどね」

真弓は、それでもちょっと面白くなさそうだったが、「これも人助けだと思えばいいのね」

「そうさ。だから、奴らは『道田の命を助けたかったら』と言って、お前に連絡してくるだろう。そのときに、本当に道田君を愛してるようなふりをして見せるんだ。そうしないと、道田君は殺される」

「それはそうね。――気は進まないけど」

「おい、道田君の死体がその辺に放り出されてたらいやだろ？」

「まあね」

と真弓は肩をすくめて、「恋人を思って泣き崩れる、って役をやればいいのね？」

「オーバーにやるなよ。わざとらしいのはだめだ」

「任せて。リアリズムで行くわ」

と、真弓は言った。「小学校の学芸会で桃太郎をやったとき、本気で鬼をぶん殴って気絶させたくらいだからね」

淳一は、ちょっと不安げに真弓を眺めていた……。

12　裏取引

「先生……」

「今日はもう診療、終ったんですよ」

と言って、机に向っていた八町めぐみは顔を上げた。「——まあ！」

診察室に入って来たのはオサムだったのである。

「あなた——」

「ご心配かけてすみません」

と、オサムは言った。「兄貴と二人で、ここから逃げ出してしまって。でも、他の患者さんたちに迷惑かけちゃいけねえっていうんで……」

「分ってるわ」

「兄貴のこと、気づかって下すって、ありがとうございます」

「そんなことはいいのよ。でも——」

と言いかけて、めぐみはオサムの左腕ににじむ血に気づいた。「けがしてるのね！」

「図々しくやって来ちまって」

と、オサムが小さく会釈《えしゃく》する。

「何を言ってるの！　さ、早く横になって！」

と、めぐみはオサムを診察台に寝かせて、傷を見た。「弾丸がかすめたのね。大丈夫。大したことないわ」

「俺もそう言ったんですけど、今野さんに必ず行けと言われたんで……」

「もちろんよ！　来てくれて嬉しいわ」

めぐみは急いで傷を消毒すると、「――傷口を縫《ぬ》い合せるわね。痛くないから大丈夫よ」

つい、オサムの額に手を当てていた。

オサムの顔に、ふと柔らかな、懐しげな表情が浮んだ。

「仕度するから待ってね。すぐよ」

「――先生」

「え？」

「もう一度、額に手を……」

「額に？」

「何だか……懐しいんです。この感じが、小さいころに覚えてた気がして」

「オサムさん……」

「お願いです」

「ええ……。もちろんよ」

めぐみは右手のてのひらをオサムのおでこにぴったりと当てた。

「ああ……」

オサムは目を閉じると、「何だか……憶えてる。昔、こんな風にしてもらったこと……」

と、夢でも見ているように呟いた。

めぐみは涙がこぼれそうになって、

「さ、手当しなくちゃ」

と言うと、道具を取り出して来た。

手早く傷を縫って、包帯を巻くと、

「抗生物質を出すから。ちゃんと服《の》んでね」

「はい……」

「あなた……あの勝野って人の所に戻るのね」

「ええ。兄貴はまだそう動けないので」

「大事にしてあげてちょうだい」

めぐみは微笑んだ。

手当が終ると、

「待ってて。抗生物質と痛み止めを用意するから」

と、めぐみは急いで診察室を出て行った……。


「ああ、やれやれ」

と、倉橋あや子は息をついた。

「大丈夫？」

と、純子が訊く。「部屋に戻って寝たら？」

「寝る元気もないわ」

と、あや子は言って、「少しその辺に座っていましょう」

〈倉橋寿一のお別れの会〉は、何とか無事に終った。

広い会場は、ホテルの従業員が大勢で片付けにかかっている。あや子と純子は、ロ

ビーへ出ると、

「お世話様でした」

と、受付にいた女性たちに礼を言った。

純子は、真弓を見付けて、

「真弓さん！」

と、小走りに駆け寄ると、「何もなくて良かったですね！」

「え？　ああ……。まあね」

と、真弓は肯いて、「くたびれたでしょう？」

「おばあちゃん、あそこでのびてます」

と、純子は、ロビーのソファに座り込んでいるあや子の方へ手を振った。

「ゆっくり休むといいわ」

と言って、真弓は急ぎ足でロビーの奥へと入って行った。

純子は思い切り伸びをした。――あや子ほどではないにしても、やはり大勢の人の目にさらされて座っているのは、それだけでも緊張する。

ロビーを警戒していた刑事が二人、引き上げようとしていた。

純子は、ちょうどロビーの太い柱のかげに入った格好になって、刑事たちは純子に

気付かずに、

「本当かい、道田が誘拐されたって」

「そうらしいぜ」

「ふーん。しかし、今度の連中はかなり乱暴だからな」

「そうさ。たぶん生きては帰れないだろう」

「可哀そうに。――真弓さんもショックだろうけどな」

「ああ。ひどくこき使ってたけど、可愛がってはいたものな」

――純子は、呆然として、二人の刑事を見送っていた。

あの面白い刑事さん。何でも一生懸命にやって汗をかいていた人……。

誘拐された？　それも、私たちのために、だ。

ソファの、あや子の隣に座ると、純子は、

「どうしよう……」

と呟いた。

「どうしたの？」

あや子がそれを聞いて、「何かあった？」

黙ってはいられなかった。

「おばあちゃん！　今、大変なこと聞いちゃった」

純子が、道田刑事が誘拐されたらしいと話すと、

「まあ……」

あや子が唖然として、「それも、おじいちゃんのせいなのね」

「刑事さん、殺されるだろうって……。どうしよう」

「待ちなさい。私たちが勝手に考えても仕方ないわ」

二人が去って行くと、真弓がロビーに戻って来るところで、

「お疲れでしょう」

と、あや子に言った。「夕食まで、お部屋で休まれたら……」

「申し訳ありません」

と、あや子が言った。

「は？」

「あの若い刑事さんがさらわれてしまったそうで。私たちのために……」

「ああ、そのことですか。どこかでお聞きに？　大丈夫です。道田君は運の強い奴ですから」

「でも――犯人は主人の何かを狙ってるんでしょう。刑事さんのお命を助けるためな

ら、何だって差し上げます」

「ありがとうございます」

真弓も心を打たれて、「道田君が聞いたら、どんなに喜ぶか……。あや子さんに、ぜひ弔辞《ちょうじ》を読んでいただきたいですわ」

すっかり殺されてしまっている。

「——こちらとしても、ちゃんと対応は考えています。ご心配なく」と、真弓は言った。「可愛い部下のためです。私だって、命をかけて救い出してみせますわ」

真弓の声は大体大きいので、よく通る。で、ちょうど取材を終えて引き上げようとしていたTV局のクルーが、小耳に挟んでしまったのである。

女性リポーターは、このところいいネタがなくて困っていた。

「これぞ！」

とばかり、気付かれないように、さりげなく真弓のそばを通って、耳をそばだてていた。

三人がいなくなると、

「――スクープ！　刑事が犯人グループに誘拐されて、殺されそうになってる！」

と、リポーターはクルーの方へ駆け戻った。

「本当ですか？」

「当の刑事が言ってるから間違いないって！　ここで収録しましょ。刑事の名は……確か七田《しちだ》とか市田《いちだ》とか……。適当でいいわ！」

早速マイクをつかむと、TVカメラの前に立ったリポーターは、

「とんでもないことが起きました！」

と、大声で言った。「本日、殺された倉橋寿一さんのお別れ会の会場で、警備に当っていた刑事、市田さんが誘拐されたのです！」

リポーターは調子に乗って、

「情報によりますと、市田刑事は袋叩きにされ、縛られ車へ放り込まれたとのことで、生死のほども不明です！　若き美青年刑事の運命はいかに！」

リポーターの絶叫は、一時間後にはTVで流されていたのだった……。

「参ったわね」

真弓が珍しくため息をついて言った。「まさかこんなことになるなんて……」

「問題は、道田君をさらった連中がどう出てくるかだ」

と、淳一は言った。「それにしても……。全く、TV局ってのはひどいもんだな」

二人は自宅の居間でTVを見ていた。

ある局が〈スクープ！〉とぶち上げた、道田の誘拐だったが、今や、どの局も競ってニュースのトップに流している。

「大体、名前を間違えてる！」

と、真弓が文句を言った。「ずっと〈市田〉って言ってたのよ！」

初めにワイドショーで流した女性リポーターが、聞き間違えて、「道田」を「市田」と言ってしまった。他の局もそれをそのまま流していたのだ。

ともかく、初めの内は、「刑事が誘拐された」ということ自体を否定していたのだが、あまりに広くニュースになってしまったので、止むを得ず認めることになった。

そのときやっと、

「本当の名前は〈道田〉です」

と、公表したのだった。

「見ろよ」

と、淳一が苦笑した。「道田君の写真を……」

女性リポーターが「美青年刑事」と言ってしまったので、他の局もそれにならって、道田は今や「天下の二枚目」になってしまっていた。

顔写真の提供を拒んだせいで、今、TV画面には高校生のころの、学生服を着た道田の写真が登場していたのである。

「どこで手に入れたのかしら」

と、真弓は首を振って、「昔は道田君、こんな顔していたのね」

「感心してる場合か」

「可哀そう……」

と、まともな意見を述べたのは、二人について来てしまった、倉橋純子だった。

「純子ちゃん。心配してくれるのはありがたいけど、あなたの身にもしものことがあったら、もっと大変なのよ」

と、真弓は言った。「パトカーで送らせるから、ホテルのあや子さんの所に戻ってくれない？」

「いやだ」

と、純子は首を振って、「真弓さんが一緒に行くなら行ってもいい」

「頑固ね」

「だって、道田さんのことが好きなんだもの」

「まあ……。道田君が聞いたら、泣いて喜ぶでしょうね」

「そうか？　今はそれどころじゃないだろう」

「でも……」

と、純子がためらいがちに、「心配だけど、私、お腹空いた」

——かくて、道田を心配しながらも、三人揃ってパトカーで純子の泊っているホテルへと向ったのである。そして……。

「道田さんは、ちゃんと食事をさせてもらってるかしら」

という純子の心配ではあったが、そう言いながら、中華料理の大皿からたっぷり自分の皿へ取り分けていたのだ……。

「問題はあの道田君の生真面目な性格だ」

と、淳一は言った。「犯人たちが、道田君と真弓を恋人同士だと思っていても、当の道田君は決して認めないだろう」

「それはそうね」

と、真弓が肯く。「このエビ、おいしいわよ」

「そうですね」

と言ったのは、食事に加わっていたあや子だった。「とてもプリプリしておいしいエビだわ」

「道田君が、犯人たちに誤解させておくことで自分が生きのびられるということに気付いてるといいんだが……」

「まあ、ここであれこれ考えても仕方ないわ。今はしっかり食べて、道田君を助けるエネルギーをたくわえましょう」

それで道田が喜ぶとも思えなかったが……。

「おい、ケータイが鳴ってる」

と、淳一は言った。

「あら、本当だわ」

真弓は食べる手を止めて、「食べ終ってからかけて来りゃいいのに。——もしもし？」

「今野真弓だな」

と、男の声が言った。

真弓は淳一の方へ肯いて見せた。

「——だったら何なの？」

と、真弓は言った。

「いいか、よく聞け。こっちはお前の大事な人を預かってる。言う通りにしないと、こいつの命はないぞ」

ここは真弓も、道田の命がかかっていると分っていたし、ベテラン刑事としてのキャリアもある。

道田を誘拐した犯人にとって、まず必要なことは何かといえば、真弓が本当に道田の恋人かどうか確かめることである。

いきなり「大事な人」と言って来たのは、真弓の反応を見ているのだろう。

「誰のことかしら」

と、真弓は冷たく言った。「それとも、同姓同名の人へかけ間違え？」

「おや、冷たいな」

と、男は笑って、「おい、お前の彼女はえらく冷たいぜ」

「そこに道田君がいるの？」

「ああ。可哀そうに、縛られてな。声が聞きたいか？」

「彼は刑事よ。いざってときの覚悟はできてるはずだわ」

すると、

「真弓さん！」

という声が。「僕のことはどうなっても気にしないでください！」

「うるせえな」

バシッと音がして、「――一発お見舞いしてやったぜ。構わねえんだろ？」

真弓は少し間を置いて、

「十倍にしてあんたに返してやる！」

「怖いな。どうでもいいんじゃねえのか」

「それは……大事な部下だから」

「そうか。死体になって帰ってほしくなけりゃ、言うことを聞け」

「どうしろって言うの？」

「倉橋寿一のことはもう分ってるだろ。奴は莫大な稼ぎを隠してる。そいつをこっちへ渡してもらおう」

「どこにあるか、私が知ってると？」

「知らなきゃ捜せ。二十四時間待ってやる。その間に知らせて来なきゃ、この男の命はない」

「分ったわ」

「承知するんだな」

「その代り、それ以上道田君に手を出さないで」

演技に熱を帯びてくると、真弓は自然に涙ぐんでいた。その辺は「カッとなりやすい性格」が幸いしたのだ。

ついでに、

「道田君！　必ず助け出してあげるからね！」

と叫んでさえいたのである。

冷静を装っていたのが、ついに本音が出た、と向うは受け取ったのだろう。

「しっかり伝えとくぜ」

と笑って言うと、切った。

「――どうだった？」

と、真弓が淳一を見る。

「一流だ」

と、淳一は肯いた。「きっと道田君も喜んでるぜ」

「こう見えても……」

と言おうとして、真弓は、あまりこの場にふさわしい言葉が見付からないようで、

「食べましょ」

と言った。

「——おばあちゃん、どうしたの？」

と、純子がふしぎそうに言った。

あや子が食事の手を止めて、ちょっとぼんやりしていたのだ。

「大丈夫ですか？」

と、真弓が訊いた。「おもちが喉に詰ったとか？」

「もちなんか入ってないだろ」

「たとえばの話よ」

「いえ……。ごめんなさい」

と、あや子は我に返った様子で、「今の電話の声、聞こえていたので」

「まあ、耳がいいんですね」

「それで、向うの男の人の声が……」

「え？」

「何だか……どこかで聞いたことがあるような……」

淳一と真弓は顔を見合せた。

あや子は、ちょっと照れたように、

「ごめんなさい。そんな気がしただけですわ、きっと」

「あや子さん」

と、淳一が言った。「今すぐ思い当らなくてもいいんです。後で、ふっと思い付くことがあったら、真弓か僕に教えて下さい」

「分りました」

と、あや子は恐縮した様子で、「年寄の言うことですから……。あんまりあてになりませんわ」

と言うと、またはしを取った。

13　裏の裏

「どうしたものかしら」

と、真弓は言った。

「上の方じゃ何と言ってるんだ？」

と、淳一は訊いた。

――食事を終えて、あや子と純子はホテルの部屋へ戻っていた。

残った淳一たちは、道田のことが心配で、食事ものどを通らなかった――ということはなく、ラウンジに席を移して、食後のコーヒーを飲んでいた。

「上に言えば、『犯人と取引なんて、とんでもない！』と怒鳴られるに決ってるわ」

「つまり、道田君のことは諦めろってことだな」

「そうなるわね」

と、真弓は肯いた。

「しかし、いつもお前のために命がけで働いてる道田君だぞ、見捨てておけないだろ」

「もちろんよ！　課長を射殺してでも、道田君を助けてやるわ」

「そこまでしなくても助けられると思うぜ……」

真弓のケータイが鳴った。

「あの女医さんだわ。――もしもし」

「八町です」

と、八町めぐみは言った。「あの撃たれた田中香子さんのことなんですが」

射殺された不動産屋、田中の妻、香子のことである。重体で、めぐみのいるK病院へ運び込まれた。

何とか命は取り留めたのだが、香子の安全のため、「死亡した」と発表させていたのだ。

「具合でも？」

と、真弓は訊いた。

「いえ、容態は変りません」

と、めぐみは言った。「でも、香子さんは亡くなったことにしてあるのですよね」

「そうです」

「こちらでも注意していたはずなのですが、他の患者さんと同じ扱いで、データがカルテに入力されてしまっていたんです」

「つまり……生きてる、ということが?」

「治療中となっていて。さっきカルテを見ていて気付いたんです」

カルテも今は電子化されている。めぐみは続けて、

「それで、つい三十分ほど前に、田中香子さんのカルテを誰かが外部から見ていたことが分ったんです」

「外部から?」

「ええ。この病院の中ではありません。でも他の病院から検索するとは思えないし……」

淳一も、めぐみの話に耳を傾けていたが、

「殺しに来るかもしれないぞ」

と言った。

「すぐ機動隊を出すわ!」

「いや、待て」

と、淳一は言った。「向うにとっても、突然のことだろう。この前のようなロケット弾を用意するより、まずしくじった殺し屋を送る。向うはこっちが気付いたと思っていないだろう」

「じゃ、その殺し屋を――」

「うまくいけば、道田君を助ける手が見付かるかもしれないぞ」

と、淳一は言った。「急いで病院へ行こう。着くまでは警官に見張らせておけ」

「分ったわ」

真弓は手早く手配すると――残っていたコーヒーをしっかり飲み干した。

「何してたんだ！」

ケータイへかかって来たその電話に出ると、いきなり怒鳴られた。

「何って……飲んで寝てたんですよ」

と、安田は言った。

向うが何か言ったが、安田は大欠伸していて、聞こえなかった。

「――何とかしろ！」

「は？　もしもし？　すみません、よく聞こえなかったんで、もう一度」

安田はアパートに帰って寝ていた——はずだったが、

「あれ？」

ここはどう見ても俺のアパートじゃない！

可愛いピンクのカーテンだの、花柄のクロスだの……。

どうなってるんだ？

「おい、ちゃんと聞いてるのか！」

気が付くと、また向うが怒鳴っている。

「あ、すみません。もう一度……」

「いい加減にしろ！　お前が消されることになるぞ！」

「待って下さい。別にふざけてるわけじゃないんですよ。それで……どうしたんです？」

向うはため息をついているようだった。

「例の田中の女房だ」

「ああ。病院で死んだ——」

「生きていたんだ」

安田はちょっと面食らって、

「冗談じゃないんですね?」

「冗談でこんなことを言うか!」

「いや……それじゃ、どうしましょう?」

「女房はお前の顔を見てるんだ。困るのはお前だ」

「そんなこと言ったって……。分りました。殺せばいいんですね」

「自分がやりそこなったんだ。自分で始末をつけろ。K病院だ」

「分りました。じゃ、すぐに――」

と言ったが、自分の部屋に戻らなくては拳銃も持っていない。「あの――できるだけ早く、片付けます」

「今度やりそこなったら、自分で自分の始末をつけろ。いいな」

「――分りました」

そうガミガミ言わなくたっていいじゃねえか。いつも散々こき使っといて……。

「勝手ばかり言いやがって」

と、通話を切ると、安田はつい口に出して文句を言っていた。

そして……改めて部屋の中を見回すと、

「どこだ、ここ?」

と呟いた。

すると、

「憶えてないの？」

という声がして、安田はびっくりして飛び上り、勢い余ってベッドから落っこちてしまった。

「誰だ！」

と、起き上ったものの――気が付くと丸裸だった。

「おじさん、殺し屋？」

ベッドに起き上っているのは、どう見ても十代の女の子。

「お前……誰だ？」

安田はそう言いつつ、ベッドのシーツを引張って、とりあえず下半身を隠そうとしたが、シーツは音をたてて破れてしまった。

「あーあ」

と、その女の子は顔をしかめて、「ママに叱られちゃう。今さら隠すことないでしょ」

「お前……。今の話を聞いてたな！」

「だって、あんな声でしゃべってたら聞きたくなくたって聞こえるよ」

それもそうだが……。

「いいか、黙ってろよ！　俺は人を殺すのが商売なんだ。お前一人ぐらい……」

「私、初めて見た！　本物の殺し屋なんだ！」

と、女の子は毛布で裸の胸を隠しながら、

「ね、今まで何人殺したの？　百人？　二百人？」

「冗談じゃないんだぞ！」

と怒ってみても、この状況ではおよそ迫力に欠ける……。

安田は壁に掛けてあるセーラー服などを見て、

「ここはお前の部屋か？」

「そうだよ。うちの二階」

「家族は？」

「パパはロンドンに出張。ママはお友達と温泉旅行」

と、女の子は言った。「呆れた。ここに来たのも憶えてないの？」

「そりゃまあ……何となく……」

だめだ！　ある限度を越えて飲むと、後で全く覚えていないというくせがあるのだ。

「ともかく、起きた方がいいんじゃない?」

と、女の子は言った。「大分叱られてたじゃないの」

「大きなお世話だ」

脱ぎ散らかしてある自分の服をかき集め、安田は何とかしたくをすると、

「——おい」

「うん」

「俺とのことは忘れるんだ。いいな。お前を殺したくない」

「いいけど」

と、女の子は言った。「幸運を祈ってるよ」

「ありがとう」

と、つい礼を言ったりしている。

「私、元山《もとやま》ユカ。おじさんは?」

「安田瞳」

と、反射的に答えてしまい、「馬鹿! 忘れろと言っただろ!」

「瞳ちゃんっていうんだ! 可愛い!」

「気にしてることを言うな!」

安田はドアを勢いよく開けて部屋を出た。

「あ、気を付けて――」

と、ユカが声をかけたが――。

部屋を出ると、すぐ目の前が階段だと注意しようとしたのだが、間に合わなかった。

「ワッ！」

と、安田が声を上げたときには、すでに階段をみごと転り落ちていたのだ……。


「八町先生！」

看護師が小走りにやって来る。

淳一、真弓と話していた八町めぐみは、

「どうしたの？」

「救急車が。――けが人です」

「分ったわ。もう着いたの？」

「あと五分ほどで着くそうです」

「すぐ行くわ」

聞いていた真弓は、

「そうですね。――田中香子さんのことは、そちらで手配していただけますね」

「もちろんです！」

と、真弓はしっかりと肯いた。

「では、私はちょっと急患の様子を――」

「待って下さい！」

と、真弓が言った。「一緒に行きます」

「でも――」

「もしかすると、問題の〈殺し屋〉が、急患に化けてやって来る可能性も。確認させて下さい」

「分りました。ではご一緒に」

真弓と淳一は、八町めぐみについて、一階の〈救急受付〉へと下りて行った。

ちょうど救急車が病院の正門脇の道を入って来るところだった。

看護師がストレッチャーをガラガラと押して来る。

救急車が停って、

「どうも」

「急患ですか」

と、隊員が降りて来た。

「けが人ですか？」

と、めぐみが訊いた。

「家の中で、階段を転げ落ちたそうで、足を骨折してるようです。それと右手首も痛いそうですが、ひびくらい入っているのかも」

「分りました」

めぐみは書類にサインすると、「急患を下ろして下さい」

「ええ。ただ——耳をふさいだ方がいいかもしれませんよ」

「え？」

「何しろ痛がって、喚《わめ》いて大変なんです」

救急隊員が苦笑している。

後ろの扉が開くと、

「痛《いて》え！　——何とかしてくれ！　死んじまう！」

と、大声で騒いでいるのが聞こえて来た。

「見たとこ四十くらいでしょうね。名前は？」

「そんなこと、訊ける状態じゃなくて」

すると、救急車から、十六、七の女の子がポンと降りて来た。

「あなた、付き添い？」

と、めぐみが訊く。

「ええ。この人の名前、安田瞳っていうんです。瞳って女の子みたいな名前でしょ」

「あなたは……」

「わたし、元山ユカ。十七歳」

と、微笑んで、「バスト、ウエスト、ヒップは必要ない？」

降ろされた男は、ガクン、とストレッチャーが揺れる度に、

「痛え！　助けてくれ！　殺される！」

と、泣き叫んでいた。

「本当に骨折してます？」

と、真弓が怪しんで、「どの辺が？」

と、男の足をポンと叩いた。

「ギャー！」

と、男は凄絶《せいぜつ》な悲鳴を上げた。

めぐみは状態を見て、

「これ、本当の骨折です」

と言った。「これだけ騒ぐ人は珍しいですけど……」

自分のことを言われているのは、ちゃんと聞こえるようで、

「何言ってやがる！　人のことだと思って勝手言うな！」

と怒鳴った。

「おじさん」

と、元山ユカがそばへ行って、「これから治療してくれる人に、そんな悪口叩いたらひどい目にあわされるよ。ちゃんとおとなしくしてなきゃ」

と、意見した。

「うん……。そうか」

これ以上痛い思いをさせられたら大変だと思ったのか、安田は顔を歪《ゆが》めて、「先生、よろしく」

本人は笑顔のつもりらしい。

安田が三階へと運ばれて行くと、淳一たちも他のエレベーターで三階へ向った。

「とりあえず麻酔で痛みを抑えましょう」

と、エレベーターの中で、めぐみが言った。

そして、一緒にいるユカへ、

「それにしても、あんなにひどい骨折って、自分の家で珍しいわね」

と言った。

「あ。――あの人の家じゃないんです。私の家で」

と、ユカが言った。

「あら、そうなの。あの人、あなたの……」

「ええと……知り合いです。たまたま家へ来てて」

「じゃ、階段に慣れてなかったのね」

「そうですね」

三階に着き、めぐみは急いで治療に向った。

ユカが淳一を見て、

「おじさん、刑事さん？」

「いや、僕じゃなくて、この奥さんが刑事」

「へえ！　女刑事かあ。いいなあ」

「将来はあなたも？」

と、真弓が言った。「じゃ、手配してくるわ」

後に残った淳一とユカは、廊下の隅のソファに腰をおろした。

「ずっと待ってるのかい？」

と、淳一が訊いた。「誰か、あの男性の家族とかに連絡できないの？」

「私……。たぶん、あの人、家族はいないと思います」

「ふーん。でも、君、ここにいたら大変だろ」

「いいんです。どうせ暇ですから」

淳一は、妙にさめた感じのユカを面白がって眺めていた。

ユカが少しして、

「刑事さんがいるって、何かあったの？」

と訊いた。

「あるかもしれない、ってことさ」

「へえ。――撃ち合いとか、ある？」

「もしかしたらね」

「凄い！　スマホで撮って、TV局に売り込もう！」

やった、って感じで指を鳴らす。淳一は苦笑した。

「君はあの男とどういう知り合いなんだ？」

と、淳一が訊くと、ユカは、

「ウーン……」

と考えて、「ま、深くて浅い知り合い、ってとこね」

「そいつは微妙な言い回しだな。——遊び相手か？」

ユカはちょっと淳一を見て、

「怒らない？」

「ああ」

「スナックで飲んでて、知り合ったの。——あの人、酔っ払って、まともに歩けないんだもの。私、こう見えても、アルコールは強いの！」

「頼もしいね」

「仕方ないから、家へ連れてった。両親、どっちも出かけてるから、二階の私の部屋で……」

「なるほど。それ以上は訊かないよ」

「訊かれても、何もなかったけど。あの人、酔っ払って、それどころじゃ……」

「君はこづかい稼ぎ？」

「家、お金持だから。社会勉強」

「そうか」

あっけらかんとした言い方に、淳一も笑ってしまった。

「何をしてる男か、聞いたかい？」

淳一の問いに、ユカはちょっと黙ってしまったが——。

「何かあったな」

淳一は、廊下があわただしくなるのを見て言った。「君はここにいろ」

「私も行く！　撃ち合いなら見逃せない」

二人が廊下を進んで行くと、

「緊急手術！」

と、八町めぐみが鋭い声で指示を出す。

「どうしたんですか？」

と、ユカが訊く。

「あの安田って人のご家族とか知らない？」

「全然」

「そう。——仕方ないわね」

「あの——」

「階段を転り落ちて、よっぽどひどく打ったのね。骨折はどうってことないけど、内臓をやられてる。中で出血してたの」

「死んじゃうの？」

「急いでお腹を開いて、出血を止めないと」

「助けてあげて。悪い人じゃないわ」

「手は尽《つ》くすわ」

めぐみの様子から、ただならぬ状態だと分った。

「じゃ、手術にかかるので」

と、めぐみが行きかけると、

「先生！」

と、若い看護師が駆けて来た。「これ見て下さい」

「——確かなの？」

「ええ、二度調べました」

「血液バンクへ連絡を。——ほかに今、ここに誰かいないか、データを見て」

めぐみの表情は固くなっていた。

「どうしたの？」

と、ユカが訊く。

「とても珍しい血液型なの」

と、めぐみは言った。「輸血しないと手術はできない」

「私、O型。だめ？」

「残念ながらね」

めぐみは首を振って、「あの田中香子さんに大分使ってしまって」

「あの女性が同じ血液型？」

と、淳一が訊く。

「そうなんです。あちらも大量出血していて、輸血したので……」

めぐみはフッと考え込んで「もう今は落ちついてるけど……」

と呟いた。

「そんな珍しい血液型の人が入院してるの？」

と、ユカが言った。

「ええ。でも……」

めぐみは悩んでいる様子だったが、看護師が、

「手術の準備が」

と、やって来ると、

「分ったわ」

と肯いて、足早に行ってしまった。

「——どうなるのかな」

と、ユカが言った。

「さあね」

淳一は首を振って、「手術となると、時間もかかるよ。家へ帰った方がいいんじゃないか？」

「そうだね……」

ユカは首をかしげて、「撃ち合い、なさそう？」

「あっても、流れ弾に当りたくないだろ？」

「そういうこともあるか」

ユカは冷静に肯いて、「じゃ、帰る」

「一人で帰れる？」

「タクシー、拾う」

こともなげに言うと、ユカは、「じゃ、あの人が目覚ましたら、よろしく言ってたって伝えて」

　と言ってから、

「もし、助かったらね」

　と、付け加えた。

「分った」

　エレベーターの方へ行きかけたユカは、足を止めて、

「あ、そうだ。——これ、渡しといて」

　と、ケータイを取り出した。

「あの男の？」

「うん。救急車にかつぎ込まれたとき、ポケットから落ちたの」

「分った。必ず渡すよ」

　淳一はケータイを受け取ると、それじゃ、と手を振るユカに肯いて見せた。

「——どうしたの？」

　と、真弓がやって来た。

「緊急手術だ」

「え？」

話を聞いて、真弓は、

「まあ、同じ血液型？　偶然ね」

「もっと偶然なことがあるかもしれない」

と、淳一は言った。

「何のこと？」

「これだ」

淳一は、安田瞳のケータイを真弓に渡した。

14　迷い

「二十四時間、と言ったわね」

と、倉橋あや子は言った。

「うん、そうだった」

と、純子が肯く。

「ゆうべの電話、何時ごろだった？」

「たぶん……九時過ぎくらい？」

「ということは……。今、朝の八時ね」

と、あや子は言った。「あと十三時間したら、あの刑事さんが殺される……」

「大丈夫だよ、きっと」

と、純子が言った。「あの今野さんってご夫婦が救い出してくれるよ」

「そうだといいけど……」

「だって、私やおばあちゃんにはどうしようもないんだし」

「まあね……」

あや子は、独り言のように呟いた。

「あの道田さんって、いい人だもんね」

二人はちょっとしんみりしたが――。

純子は立ち上ると、

「もうひと皿、取ってくる」

――話は深刻だったが、二人はしっかり朝食のビュッフェを食べていたのである。

「でも……まさか……」

と、あや子は呟いた。

道田刑事を殺すと言って来た、あの電話の声。――まさか、とは思うが。

あや子には、あれが、このホテルの最上階のバーで思いがけず出会った、「死んだはずの息子」敏哉の声とそっくりに思えてならなかったのである。

そんなはずはない！　いくら長いこと行方知れずになっていたとはいえ、敏哉があんな悪いことに手を染めるわけがない。

しかし、そう自分へ言い聞かせながら、同時に、バーで会った敏哉が全く「別人」

のように思えたことを考えずにいられなかった……。

「おばあちゃん、もう食べないの？」

と、戻って来た純子が言った。

「もう充分よ。いつもこんなに朝は食べないわ」

「でも、もったいないじゃない」

「あんたは沢山食べなさい」

と、あや子は笑って、「若いんだからね」

そこへ、

「おはようございます」

と、やって来たのは、真弓と淳一だった。

「まあ、どうも。――どうなりました？」

と、あや子は訊いた。

「まだ発見されてません」

と、真弓は言った。

「ご心配ですね」

「ええ、道田君がどんな扱いを受けているのかと思うと、ゆうべは五時間しか眠れませんでした」

と、真弓は言って、「コーヒーだけいただこうかしら」

ウエイターを呼んで、二人にコーヒーを頼むと、純子の皿を見て、

「あら、朝ご飯、おいしそうね」

「おい、話があるんだろ」

と、淳一が促した。

「ああ、そう。――色々考えたんですが、あや子さんにやはり真実をお話しした方がいい、ということになりまして」

と、真弓は言った。「あや子さんにも純子ちゃんにも、ショックを与えることになるでしょうけど」

「もう、少々のことではびっくりしませんわ」

と、あや子は言った。「主人は一体どういう人間だったのですか?」

「ご説明するには、あのお家へご一緒していただいた方がいいと思います」

「一度、参りましたけど……」

「ええ。でも、まだご覧になっていない所があるんです」

と、真弓は言った。

壁がスルスルと開いて、真弓と淳一、そしてあや子と純子が入ると、

「ワッ！　下り始めた！」

と、純子が声を上げる。

「エレベーターなのよ」

と、真弓は言った。

地下の部屋へ下りると、純子はズラリと並んだ引出しを見て、

「ここ、何なの？」

「開けてみて」

純子は引出しの一つを開けると、

「――宝石だ！」

そして他の一つを開けると、「札束……。これ、本物？」

あや子はそうびっくりしていなかった。

「刑事さん。主人はここに隠していたんですね。――盗んだものを」

「そう思われます」

と、淳一が肯いて、「倉橋寿一さんは、大がかりな窃盗グループのリーダーだった

のでしょう。ここにその品々や売り上げをしまい込んでいた。この部屋にある宝石や貴金属、現金は、合せて数十億にもなるでしょう」

淳一の言葉に、純子はただ呆然としていたが、あや子はあまり驚いた様子もなく、

「そうだったんですね」

と、静かに肯いた。

「倉橋さんが殺されたのは、おそらく内部抗争と、それにつけ入って、グループを乗っ取ろうとする外のグループが企んだことでしょう」

と、真弓が言った。「その外部の連中が、今、道田君を誘拐しているのではないかと思われます」

「では、ここにある宝石や現金を、手に入れようとしているんですね」

「ここにあることを、連中は知りません。そして、たぶん倉橋さんの部下だった人たちも」

と、真弓は言った。「私たちも知らないことになっています。でも――いずれ、明るみに出さなければなりませんが」

「でも……ここにあるものは、全部、誰かよそ様のものなんですよね」

と、あや子は言った。「もちろん、道田刑事さんの命を救うためなら、こんなもの、

惜しくはありませんが、私が勝手に人にやってしまうわけにはいきませんね」

「向うは、そんな風に考えていないでしょう。これだけの財力を手に入れたら、たちまち大きな組織になれます」

あや子は引出しをいくつか開けて、中を見ると、深々とため息をついた。

「主人がこんなことを……。信じられません」

「確かに、その点は我々もふしぎに思っています」

と、淳一が言った。「僕も、仕事柄色々な大物と会いましたが、倉橋寿一さんは、およそそれらしくない。直接知っていたわけではありませんが、どう見ても勢力争いに熱中するタイプではなかったような気がします」

「そうだよね」

と、純子が肯いて、「おじいちゃんは畑仕事が好きだったよ」

あや子は、しばらく黙って地下室の中を見回していたが、

「もしかすると……」

と、口を開いて、「主人は誰かのために、働いていたのかもしれません」

「誰かのため、とは？」

と、淳一が訊く。「何かお心当りが？」

あや子はちょっと息をついて、

「たぶん……息子のために」

と言った。


「八町先生。——先生」

軽く肩を揺すられて、
八町めぐみは目を覚ました。「すっかり寝ちゃったのね……」

「え？——ああ」

「すみません、お疲れのところ」

と、若い看護師が言った。

「いえ、いいのよ」

めぐみは宿直用のベッドから起き上って、欠伸した。「——どう、あの患者？　何かあった？」

「いえ、順調です」

「そう。良かった。それで？」

「今、この人が……」

と、折りたたんだ紙片《しへん》を渡す。

それを開くと、めぐみの眠気は消し飛んだ。

〈兄貴の具合がよくないんです。お願いします。オサム〉

走り書きのメモだった。

「これを渡した人は？」

「裏の駐車場に」

「分ったわ」

めぐみはためらうことなく立ち上った。「このことは忘れて」

「いいんですか？」

「任せて」

めぐみはそう言うと急いで診察室へと向かった。

診療用の鞄に、手早く薬やメスなどを入れ、白衣を脱いで、駐車場へと急いだ。

昼過ぎの駐車場は、車の出入りも多く、ほぼ満車だ。

めぐみがキョロキョロと左右を見回していると、

「ここです」

と、オサムが手を上げるのが見えた。

「どうしたの？」

「何だか……熱を出してて。ゆうべ遅くから。うなされてるみたいです」

「無茶してるからね。——車はある？　じゃ私の車で行きましょう」

「すみません」

「医者にいちいち患者が謝るもんじゃないわよ」

めぐみは自分の車にオサムを乗せて、「どこへ行けば？」

「ここを出て、ともかく真直ぐです」

「分った。案内して」

めぐみは車を出した。

「——でも、兄貴は止めたんです、俺を」

「どうして？」

「逃亡中の犯人の手当をして、隠れ場所を黙っていたら、先生も罪に問われるって」

めぐみはちょっと笑みを浮かべて、

「人の命を救って罪になるなら、喜んで有罪になるわよ」

と言った。「ともかく急ぎましょう。スピード違反で捕まらない程度にね」

「はい……」

オサムは涙ぐんでいた。

「涙もろいのね」

「すみません……。どうもそういう性質《たち》みたいで」

「私もよ」

と、めぐみは言った。「似てるわね」

めぐみはアクセルを踏んだ。


「お父さん？」

純子は目を丸くして言った。「私のお父さん？」

「ええ、そうなの」

と、あや子は肯いた。

「お父さん……死んじゃったんじゃないの？」

「それが、ホテルのバーで会ったのよ」

と、あや子は話をして、「純子をホテルへ案内した人がいたでしょ？　それが敏哉だったのよ」

「あの人が？」

純子は唖然として、「全然気付かなかった！」

「そりゃそうよ。あんたは小さいころにしか知らないんだものね。敏哉も、あんたのことを、名前を聞いて初めて気が付いたって言ってた」

「そんな……。でも、お父さんがそんな悪いことしてるなんて……」

「これは私の直感よ」

と、あや子は言った。

「その直感は当っているかもしれません」

と、淳一が言った。「息子さんはおいくつぐらいですか？」

「ええと……。純子が十六ですから……ちょうど四十じゃないでしょうか」

と、あや子は言った。「もちろん、これは私の勝手な推測に過ぎないのですが……」

「敏哉さんといいましたね」

と、淳一が言った。「もし本当に、我々の相手なら、そうと知れただけでもありがたいことです」

「そうですよ」

と、真弓も肯いて、「早速、情報がないか当らせましょう」

「でも……」

と、純子は口ごもって、「もし……本当にお父さんが……」

「うん。気持ちは分るよ」

と、淳一は言った。「ともかく、お父さんが生きているということは分ったわけだ。その先は、お父さんと話す機会を見付けるしかない」

「私に名のって、でも姿を見せなくなったのは、やはり何か理由があるとしか思えないわ」

あや子の方が冷静に事態を見つめているようだ。

「敏哉さんから、その後連絡は？」

と、真弓が訊いた。

「いえ、ありません。ホテルだと分ってるんですから、連絡しようと思えばできるはずです」

「でも、これだけの品物やお金、どうするの？」

と、純子が訊いた。

「これは最高のエサだわ」

と、真弓が言った。「これを狙って、ハイエナたちが集まって来る……」

「こんな所に……」

と、車を降りて、八町めぐみは言った。「体に悪いに決ってるじゃないの」

取り壊すように、空になったオフィスビル。しかし、何かの理由で取り壊せなくなっているのだろう。

「こっちです」

と、オサムが先に立って、そのビルの奥へと入って行く。

「――機械室だった所です」

オサムが重い鉄板のドアをノックして、「兄貴。――先生が来てくれましたぜ」

と言うと、ドアを開けた。

「馬鹿め！」

という声が、暗がりの奥から飛んで来た。「連れて来るなと言っただろうが！」

「でも、兄貴……」

「あなたのことを心配してるのよ。叱る人がありますか」

と、八町めぐみは言った。「明りはないの？」

「電気が通ってねえからな」

「こんな所で……。いいわ、これ、持ってて」

と、めぐみは小型のライトをオサムに渡して、「ちゃんと照らしてるのよ」

「へえ」

勝野は、古びたマットレスの上に寝ていた。

めぐみはちょっと診て、

「ここじゃだめだわ」

と言った。「ちゃんと入院しないと死ぬわよ」

「それはいけねえ」

「分ってるわ。病院に迷惑がかかると思ってるのね。でも、元気にならなきゃ、明石涼子さんの敵《かたき》も討《う》てないのよ」

「しかし……」

「大きい病院でなきゃいいんでしょ」

と、めぐみは言うと、「オサムさん。この人を車へ運ぶわよ。毛布にくるんで後ろの座席に寝かせる」

「おい、どこへ連れてく気だ？」

と、勝野は言った。

「私に医者の手ほどきをしてくれた人がいるの。もう年齢《とし》だから、医院は閉めてるけど、設備は残ってるはずだわ」

「危険はねえのか」

「あんたに？　それとも私に？」

「どっちもだ」

「今はあんたの命の方がよっぽど危険」

と、めぐみは言った。「ちょっと腕を出して」

「何だよ」

手早く消毒すると、注射針が入る。

「痛えじゃねえか」

「子供じゃあるまいし、我慢しなさい」

「何を射ったんだ？　おい……どうなってる……」

勝野はぐたっと眠り込んでしまった。

「麻酔を射ったわ。これでブツブツ言ってられなくなるでしょ。オサムさん、頑張ってね」

「任せて下さい！」

オサムが嬉しそうに言った……。

15　獣の群れ

「でも、どうやって道田君を取り戻すかが問題ね」

と、真弓が言った。

「そうだな」

淳一は少し考えていたが、「いいことを思い付いたぞ」

「なあに？」

「身替りになる」

「身替り？」

「そうだ。道田君の代りに、人質になるんだ」

「それはいいけど……。誰が？」

「そりゃあ、道田君を心から愛してる先輩だ」

真弓はちょっと眉を寄せて考えていたが、

「――いい考えかもしれないけど、承知しないと思うわよ」

「どうして？」

「だって……課長が人質になったら、やっぱりニュースになっちゃうでしょ」

――二人は、あの地下室から上って、倉橋の家の居間にいた。

あや子と純子は家の中の他の部屋を見に行っている。

「課長が道田君を愛しているのか？」

「知らないけど。――じゃ、誰のこと言ってるの？」

「お前さ」

真弓はキッとなって、

「私が死んだら、誰か他の女を後妻にしようと思ってるのね！」

「よせよ。まあ、人質になるのは危いだろうから、やめるとして……」

「あなたが危いのよ」

「それもあるが。――お前が共犯者になるんだ」

「共犯者？」

「あの隠してある巨額の盗品と現金を、連中に渡してやる。その代り、お前も分け前を要求する」

「いくら？」

「いや、金額は後にしてだな……。あの宝の山の三分の一、ってことでどうだ？」

「どうせなら山分けがいいわ」

「ま、それでもいいが……」

「刑事を辞めても、一生遊んで暮らせるわね！」

と、真弓が張り切っている。

「おい。これはもちろん、連中を引っかける罠だぞ」

淳一がやや心配そうに言った。「道田君を取り戻すには、それぐらいやらなきゃだめってことだ」

「分ってるわよ。私だって、お金は欲しいけど、あんな盗んだお金なんて……」

と、真弓は言いかけて、「——でも、お金に変りはないわね」

「冗談だろ？」

「まあね。何しろ泥棒の話だから」

淳一は苦笑して、

「連中に取り引きをもちかける。おそらく、おたくの課長は、『とんでもない！』と反対するだろう。しかし、道田君を救い出すには、それしかない」

「でも、どうやって……」

「ちょっと変った手を使おう」

「何、それ？」

「道田君が向うに殺される前に、こっちで殺す」

真弓が目を丸くした。


「道田君はすばらしい部下でした」

と言いながら、真弓はハンカチを目に押し当てた。「私は犯人たちを決して許しません！　可哀そうな道田君の敵は必ず取ってやります！」

カメラのフラッシュがまぶしいほど光り、TVカメラが一斉に真弓を捉える。

そしてワイドショーの女性リポーターは、

「誘拐されていた、警視庁捜査一課きっての美青年刑事、道田刑事は、本日夕刻、無惨な他殺体となって発見されました！」

と、絶叫した。

TV画面には、

〈哀れ！　全国民の祈りも虚《むな》しく、殺された青年刑事！〉

〈復讐だ！　極悪非道な犯人へ告ぐ！　今野真弓刑事の怒りの言葉を聞け！〉

〈私は道田刑事の「心の妻」だった！　美人刑事の告白！〉

等々……。

大げさな文字がTV画面を隠していた。

「――少しやり過ぎたかしら？」

と、TVで、泣いている自分の姿をチェックして、「カメラの角度がよくないわ。もう少し斜め前から撮ってくれてれば、もっと美人に映ってたのに……」

「まあいいさ」

と、淳一は言った。「大げさに騒いでくれた方が、死体が全く出てこない不自然さを隠してくれる」

「課長が、血圧が上がりすぎて帰っちゃったって」

「そうだろうな」

二人は、ホテルの倉橋あや子たちの部屋でTVを見ていた。

「でも――大丈夫なの？」

と、一緒に見ていた純子が言った。

「もちろん、大丈夫じゃないわよ」

と、真弓は言った。「連中が頭に来て、本当に道田君を殺すってこともあり得るわ。でも、一か八かよ」

「おい、電話だ」

と、淳一が言った。

「本当だ」

真弓のケータイにかかって来ていた。「もしもし」

「おい！　どういうつもりだ！」

と、向うが怒鳴った。「こっちはまだ殺しちゃねえぞ！」

「分ってるわよ」

と、真弓は言った。「でもね、道田君は殺されたことになってるの。だから、あんたたちに、隠された宝をあげるってわけにいかない。分る？」

「無茶な奴だ！　全く！」

「刑事を誘拐するのと、どっちが無茶なのよ」

と、真弓は言い返した。

「いいか……。こいつの命は俺たち次第なんだぞ」

「言っとくけど、本当に殺したりしたら、絶対に百円玉一つあんたたちの手には入らないからね」

「刑事が脅迫するのか？」

「脅迫じゃなくて提案よ」

「提案？　何のことだ？」

「刑事の月給、知ってる？」

「何だよ。いきなり」

「聞いたらびっくりするような安月給なのよ。それでいて、命を張って働いてる。こんなことがあっていいと思う？」

「俺の知ったことか」

「だからね、あんたたちも欲を出さないで、半分で我慢しなさい」

「——半分？」

「そう。いやなら七三でもいいわ」

「どっちが七だ？」

「もちろん私よ」

「そう言うと思ったぜ」

「話が分るじゃないの」

「とんでもねえ！　大体、こっちに人質がいるのに、どうして山分けしなきゃいけねえんだ？」

「よく考えて。刑事を殺したり、傷つけたりしたら、あんたたちは一生逃げ回ることになる。いくら金が入ったって、コソコソ隠れて生きて面白い？」

「そいつは……」

「ちゃんと道田君を丁寧に扱って帰してくれたら、日本中の警察官が感謝するわ。その上、大金が手に入る。南の島で、ビキニの美女に囲まれて、のんびり暮せるわ。どっちがいい？」

少し間があって、

「お前、大学で弁論部《べんろんぶ》にでもいたのか？」

「失礼ね。私は演劇部のスターだったのよ」

「へえ」

「信じない？　何なら、ハムレットの、『生きるか死ぬか』のセリフでもやってあげましょうか」

「やらなくていい！」

と、向うはあわてたように、「大体、何で女がハムレットをやるんだ？」

「男女差別だわ！　セクハラで訴えてやる」

「分った。——ともかく、半分ってのはひどい。この刑事を買い取るってことで、三分の一と三分の二でどうだ。もちろん、こっちが三分の二だぞ」

と、急いで付け加える。

「うーん……」

真弓はしばらく唸っていたが、「——いいでしょ。それで手を打つわ。その代り、道田君を大事にするのよ」

「分ったよ。で、金や宝石はどこにある？」

「ここにあるわ」

「ここってのはどこだ？」

「言うわけないでしょ。ともかく道田君と引き換えよ」

「じゃ、どこで、いつ？」

「東京ドーム」

「何だって？」

「あ、違ったわ。Mスタジアム」

「何だ、それ？」

「Mスタジアムに今夜八時」

「そんな時間に入れるのか」

「ロックバンドのコンサート、やってるのよ。凄い人出だから、何やっても目立たない」

「そんななやかましい所で？」

「いやならいいのよ」

「分った！　――じゃ、ともかく車にこの刑事を乗せて行く」

「コンサートのチケットは自分で買ってね」

と、真弓は言った。

――淳一が呆れて聞いていたが、

「お前……電話セールスやったら、一流になれるぜ」

と言った……。

殺し屋は、うっすらと目を開けた。

何だ？　どうしたっていうんだ？

視界はボーッとぼやけて、ピントが合っていない。

畜生！　薬をのませやがったな！

俺を殺そうっていうのか！　おとなしく殺されてたまるもんか！

安田は手で探った。——どこだ？　拳銃がどこかその辺にあるはずだ。

早く見付けねえとやられちまう。どこにあるんだ！

必死で手探りしていると——何かをつかんだ。

しかし、それはどう考えても拳銃ではなかった。拳銃が、こんなに柔らかくてあったかいわけがない。

それじゃ、一体……。

「目が覚めた？」

と、女の声がした。「私のこと、分る？」

え？　——これって……。

安田は目の前に、ボーッとだが、女の顔があるのを辛うじて見わけた。

「どう、気分？」

こいつは……。そうか！　思い出した。

「お前……。何してんだ」

もつれる舌で、安田は何とか口に出した。

「いらっしゃい。地獄の一丁目よ、ここ」

「何だと?」

「私、元山ユカ。分る?」

あの高校生だ。――そうか、俺はあの家の二階から転がり落ちて……。

「どうしたんだ、俺は?」

「手術して、麻酔で今まで眠ってたのよ」

「手術だと?」

そうか。二階から落ちて、骨折した。やたら痛かったことは憶えている。

「そんなに……ひどい骨折だったのか?」

と、安田は訊いた。

元山ユカはちょっと笑って、

「何も憶えてないんだ! 骨折だけじゃなかったの。内臓から出血してて、緊急手術しないと助からない、って状況だったのよ」

安田は唖然として、

「そんなことだったのか……。思い出せねえ」

「意識を失ってたんだよ、痛み止めのせいで。でも、大変だったのよ、手術。あの八町先生って女の先生に感謝しないと」

「女の医者か……。救急車から下ろされたときに見たな、確か」

安田は何度か深呼吸すると、少し頭がはっきりした。そして、ユカを改めて眺めると、

「お前……どうしてここにいるんだ?」

「だって、救急車にも乗って来たし、放って帰ったら、後で病院の方が困るかと思って。特に、もしあなたが死んだら」

「いやなこと言うな」

と、安田は渋い表情になったが、「しかし……悪かったな」

「いいよ。うちの階段から落ちたんだから、多少責任感じてさ」

ユカのあっけらかんとした言い方に、安田は苦笑した。

「ここは……どこの病院だ?」

「ここ? K病院だよ」

安田はびっくりした。耳にしていたのかもしれないが、全く憶えていない。K病院とは、あの田中って奴の女房が「生きてる」と知らされた入院先ではないか!

やれやれ……。同じ病院にいても、この有様じゃ、殺しようがない。

殺しを命じた「上の方」にこんなことが知れたら、どうなる？

しかし、いくら何でも安田が同じ病院に入院しているとは考えもしないだろう。

「何か欲しいもの、ある？」

と、ユカが訊いた。「それより、誰か家の人とかいないの？　入院に必要なものとか、健康保険証とか、誰か持って来てくれる人、いたら連絡してあげるけど」

「そんなもん、いないよ」

と、安田は首をかすかに振って、「お前はもう帰って、俺のことは忘れてくれ。親切にしてくれてありがたいと思ってる。しかし、俺のそばにいると、危い目にあうかもしれねえからな」

「私がいると邪魔？」

「いや、そうじゃねえが……。巻きぞえを食っちゃ馬鹿らしいだろ」

「まあね、まだ死にたくないし」

と、ユカは言った。「あ、そうそう。おじさんって、凄く珍しい血液型なんだって、知ってた？」

「血液型？　そんなこと知らねえ」

「だめねえ。物騒な仕事してんだから、自分がけがしたときのために、血液型ぐらい憶えときなさいよ」

　この年齢になって、高校生の女の子に説教されるとは！

　安田としては情なかったが、ユカの言うのがもっともなだけに、渋い顔をするしかなかった。

「あのね、たまたまここに入院してる人で、おじさんと同じ血液型の人がいたの。その人から血をもらって、おじさんの手術ができたのよ。歩けるくらい元気になったら、お礼を言いに行きなさい」

「そんなことがあったのか……」

　もしかしたら、骨折の痛みを抑える薬で眠ったまま死んでいたかもしれないと思うと、安田もさすがにゾッとした。

「分ったよ。そうしよう。いつ動けるようになるか分らないけどな」

「でも、忘れないで。人の恩を憶えていれば、きっといいことがあるわよ」

　と、ユカは言った。「憶えといて。田中香子さんっていうのよ、その人」

16　救出劇

もうすっかり暗くなっていた。

レンガ造りの古びた建物の前には、わずかに〈外科〉の文字だけが残った看板が出ている。

八町めぐみは、タクシーを降りると、そのレンガ造りの家の裏手へと回った。

表から見ると、ほとんど明りが目に入らず、空家かと思えるが、裏へ回ると、ガラス扉の中から、明りが洩れている。

めぐみは、ガラス扉を軽くノックして、

「先生」

と、呼びかけた。「原口《はらぐち》先生。——めぐみです。いらっしゃいますか?」

しばらくは何の動きもなかったが、やがてガラス扉の向うのカーテンが半分ほど開けられ、白いひげの老人が顔を出した。

扉がガラッと開き、

「大丈夫なのか、病院の方は」

と、その老人が訊いた。

「ええ、ちゃんと当直がいます」

めぐみは靴を脱いで上ると、「――すみません、妙な患者をお願いして」

と言った。

「なあに、どうせ退屈してたところだ」

原口八郎《はちろう》は今、八十歳、八町めぐみの恩師に当る外科医だ。

「どうですか、あの患者？」

と、めぐみは訊いた。

「ああ。よく眠ってるよ」

と、原口は言った。「ただ、ここに入院しても食事が出せんのでな。あの若いのが、近くのスーパーに買いに行っとる」

「それで充分です」

と、めぐみは微笑んだ。

「二階の病室にいるよ」

と、原口は言った。

「分りました。ちょっと様子を……」

古びた階段を上って、めぐみは病室のドアをそっと開けた。

「眠ってるみたいですね」

と、めぐみは言って、ドアを閉めようとしたが……。

何かおかしい、と思った。

静かな中に、寝息一つ聞こえていない。

「先生――」

めぐみは明りをつけて、ベッドへと駆け寄った。

「何とまあ……」

と、原口は目を丸くした。

ベッドは空だった。クッションの上に毛布をかけていたのだ。

「薬が隠してあります」

と、めぐみは枕の下を探って言った。

「呆れた奴だ！」

「あの傷で……。どこへ行ったんでしょう」

と、めぐみがため息をつくと、戸棚の中で何かぶつかる音がした。

急いで戸を開けると、オサムが転り出て来た。手足を縛られている。

「どうしたの！」

「すみません！　兄貴が、『このお茶は苦過《にがす》ぎるから、お前が飲め』と言われて、飲んだらボーッとして……」

「薬を入れられてたのね」

めぐみはオサムの手足を自由にすると、「どこへ行ったか、見当はつく？」

「あの……Mスタジアムだと思います」

「何、それ？」

「ロックコンサートがあるらしくて……」

「まさか、コンサートを聞きに行ったわけじゃないわよね」

「違います。俺……兄貴に言われて、警察の様子を見に行ったんですよ。そのとき、パトカーの無線が、『Mスタジアムに八時』と言ってて」

「Mスタジアムで何があるの？」

「断片しか聞こえませんでしたが、例の人質になった刑事と、何かを交換するとか……」

「あの刑事さん？　死んだんじゃないの？」

「生きてるらしいです」

「じゃあ、あの今野さんって人が……。やりかねないわね。それを勝野に話したのね？」

「ええ。そしたら……」

「死にに行くようなもんだわ。あの傷で！」

「俺、Mスタジアムへ行きます！」

と、オサムは言った。

「私も行くわよ！　私の車がある」

「おい、待て」

と、原口が言った。

「先生。ご迷惑かけてすみませんでした」

「いや、私も行く」

「え？」

「私の患者だ！　勝手に死なれてたまるもんか！」

「でも——」

「どうせけが人が出るだろ。久しぶりに腕をふるいたい」

止めてもむだだと悟って、めぐみは、

「オサムさん！　原口先生を手伝って、薬や道具を持って」

「分りました」

「車のエンジンかけて待ってるわ！」

と言うと、めぐみは病室を飛び出して、階段を一気に駆け下りた。


何しろ、スタジアムは五万人の客で埋《うま》っていたのである。

コンサートが始まる前から、そのどよめきはスタジアムの建物までも揺るがすようだった。


「――どこでどうするんだ？」

と、淳一も苦笑している。「館内放送で呼び出してもらうか」

「迷子のお知らせ？」

と、真弓が言った。「大丈夫。向うがこっちを見付けるわよ」

真弓は大きめのキャスター付のスーツケースをガラガラと押していた。

ガードマンが、

「そういう物は預けて下さい」

と、苦情を言って来たが、

「これでも？」

真弓が身分証を見せると、

「失礼しました！」

と、あわてて行ってしまう。

「おい、失くすなよ。そのスーツケース、何億円もの宝石が入ってるんだぞ」

「分ってるわよ。本物だから、相手と取引もできる」

「課長が知らなくて何よりだな」

「知ってたって、同じことよ。責任取るのは課長だから」

――そこへ、

「凄い人出ね！」

と、声がした。

「まあ、あや子さん！」

倉橋あや子と、孫の純子が立っていた。

「どうしてこんな所へ……」

「主人のしたことの結末を見届けなくては」

と、あや子は言った。「それに、息子の敏哉が現れるかもしれません」

「私もお父さんに会いたい」

と、純子が言った。

「しかし、危いですよ」

と、淳一は言った。「くれぐれも気を付けて下さいね」

「大丈夫。おばあちゃんは私が守ります」

と、純子が胸を張った。

スタジアムのアリーナには、若者たちがひしめき合っていた。

「おい……。もし、この中で銃撃戦にでもなったら、えらいことだぞ」

と、淳一が言った。

「そうね。流れ弾に当ったら。不運と諦めてもらうしかないわ」

「だが……」

——二人の会話は、聞こえなくなった。

お互い、口をパクパクやっているのは見えているのだが、声は聞こえないのだ。

コンサートが始まって、凄じい音響の洪水がスタジアムを震わせた。

すぐそばに立っている二人でも、互いの声が聞こえないのだ。

――どうやって、取引するんだ?

淳一が口を大きく開けて言った。真弓は淳一の口の動きで、大体の内容を読み取っていた。

――知るもんですか!

真弓も口を大きく開けて言った……。

――こんな凄い音、聞いたことないわ。

と、あや子が言うと、

――でも、これがロックなんだと思うと、嬉しい!

と、純子が言った。

そして、

――どうなってるんだ!

と、手下に怒っている男がいたが、やはり全く手下に聞こえていないので、

――ドーナツ、食べたいんですか?

と、手下が妙に気をつかっていたのだった……。

「もう八時を過ぎたわね」

と、車を運転しながら八町めぐみは言った。「コンサート、始まったかしら」

コンサートを聞きに行くわけではないから、どちらでもいいようなものだが、

「始まっちゃったら、勝野を見付けるのが大変だろうし」

と、めぐみは言った。

「始まってます」

と言ったのは、オサムである。

「――どうして分る？」

と、一緒に車に乗っている原口医師がふしぎそうに訊いた。

「聞こえます」

原口は耳を澄ましたが、

「――私には一向に聞こえんが」

しかし、車が少し走って行くと、

「聞こえて来たわ」

と、めぐみは言った。「Mスタジアムってあそこでしょ？　凄い音なのね、ここまで聞こえるって」

原口がオサムを見て、

「お前の耳は特別なのか?」

と訊いた。

「そうらしいんです」

「それは……」

と、原口が言いかけると、

「勝野はもう着いているかしらね」

と、めぐみが遮るように言った。

「あんな凄い音がしてるんじゃ、兄貴の声を聞き分けるのは難しいかも……」

と、オサムは不安そうだ。

「仕方ないわよ。できるだけのことをしましょう」

めぐみはアクセルを踏み込んだ。

——車を適当な所に停めると、三人はスタジアムの入口へと急いだ。

「ちょっと!」

と、ガードマンが、三人の前に両手を広げて立ちはだかった。「入場券は?」

「それどころじゃ——」

と、めぐみが言いかけるのを、原口が抑えて、

「君はここのガードマンかね？」

「見れば分るだろう」

「どうかな？　ガードマンにしては太っている。いざというとき、役に立つまい」

ガードマンはムッとしたように、

「大きなお世話だ！」

「それに、制服が小さ過ぎて、ボタンが飛びそうになってるぞ。誰か他の人間の制服を盗んで来たのではないか？」

「失敬な！　どうして俺がそんなことをしなくちゃならないんだ！」

「それは、ガードマンのふりをして、このコンサートを聞くためだ。いや、こっそりコンサートを録音して、後でファンに売りつけようとしてるんではないかな？」

「何を証拠に……」

と、ガードマンは顔を真赤にして、「俺のことを馬鹿にするのか！」

と怒鳴った。

入口辺りにいたスタッフの一人が、その声を聞きつけて、

「どうかしたか？」

と、駆けつけて来た。

「私らは医者だ」

と、原口がすかさず言った。「急患の要請があって、駆けつけたのだが、この男が入れようとせんのだ」

「急患？」

「この男も、高血圧で具合が悪そうだ。休ませた方がいい。この真赤な顔は正常ではない！」

「俺は何ともない！」

「自覚症状がない。これは危険だ。すぐに連れ出しなさい」

「何を——」

原口が、ガードマンの首筋に手を当てて、ぐっと押すと、とたんにふらついて、尻もちをつく。

「見ろ！　めまいを起しておる。救急車を呼びなさい」

スタッフがあわててガードマンを抱きかかえるようにして行ってしまうと、その間に三人は中へ入って行った。

「先生……」

「なに、大したことはない。ちょっとした手術だ」

「大したもんですね！」

と、オサムが感激している。

「さあ、勝野を見付けないと――」

と、めぐみは言いかけたが、スタジアムの通路へ入りかけたとたん、凄い音が押し寄せて来て、言葉にならなくなってしまった……。


グォーンという、だめ押しの音と共に一曲が終った。

「――耳がどうかなりそう」

と、真弓が頭を振った。

「お前がここを指定したんだぞ」

と、淳一が言った。「曲と曲の間に、連絡をつけるんだ」

ステージでは、バンドのメンバー紹介が行われていた。

「今の内ね。――あ、かかって来たわ」

相手も同じことを考えているのだろう。

「おい！　どこにいるんだ？」

と、男の声がすると同時に、真弓は、

「どこにいるのよ！」

と怒鳴っていた。

少し間があって、また二人同時に、

「会場の中よ！」

「会場の中だ！」

聞いていた淳一が、

「いいハーモニーだ」

と言った。「ともかく、客席にいちゃ、話もできない。外の通路へ出るように言うんだ」

しかし、向うは、

「そっちがここにしろと言ったんだぞ！」

と怒っている。

「仕方ないでしょ！　私だってこんなにやかましいもんだって知らなかったんだから！」

と、真弓が言い返す。「道田君をちゃんと連れて来たでしょうね」

「ああ。車の中で眠っている」

「車の中？　ここへ連れてらっしゃい！」

淳一が真弓をつついて、

「おい、まずいぞ」

と言ったのは、ステージでメンバーが、

「では次の曲――」

と言い出したからだ。

「早くしないと――」

「ちょっと待ってろ、ってバンドに言ってよ」

と、真弓が無茶なことを言ったとたん、再び大音響が二人の声をかき消した。

淳一は真弓を引張って、会場の外の通路へ連れ出したが、もとより屋外なのだ。通路で、コンサートの音量は半分くらいになるが、話をするには大声を出さないと聞こえない。

「こんな調子じゃ、らちがあかないぞ！」

「だって、どうしろって言うの？　もうちょっとヴォリューム下げて、って頼んで来る？」

「ともかく、向うだって、話が進まなくて困ってるだろう。この通路へ出て来いと言えば、やって来るんじゃないか」

「でも……こんな所で、どうやって道田君とこれを交換するの？」

真弓は宝石を詰めたスーツケースを転がしている。

「この曲が終って、静かになったら。向うへ電話しろ。これじゃ聞こえない」

と、淳一が言っていると、

「あ！　やっぱり！」

と、駆けつけて来たのはオサムだった。

「おい、何してるんだ、こんな所で？」

淳一は、八町めぐみと、知らない老人が後ろからやって来るのを見て、面食らった。

「兄貴が――」

オサムが、勝野が姿を消したことを説明すると（大声だったので、話す方も聞く方も大変だったが）、

「じゃ、勝野がここに来てるのか？」

「確かだと思います。でも、こんなにやかましくちゃ、兄貴の声が――」

「しかし、よく俺の声が分ったたな」

「はあ……。何となく、聞き分けられたんです」

このやかましさの中で、淳一の声が聞き分けられたというのだから大したものだ。

「いいか」

淳一は、オサムの耳に口を寄せて、「勝野をやった奴らが、今、ここへ来てる。奴らの話を耳にしたら知らせてくれないか」

「分りました！　でも、兄貴がどこにいるのか……」

勝野は一人なのだから、しゃべらないだろう。

「あの傷じゃ、無理をしたら死にます」

と、めぐみが言った。

「厄介だな」

と、淳一がため息をつく。

そのとき、二曲めが終った。終っても、客がどよめくので、とても「静か」とは言えないが、少なくとも話はできる。

「お前は大した耳を持っとるのだな」

と、原口という老医師は、オサムに感心している。

「のんびりしていられないわね」

真弓が、何か決意を固めたように言った。「人命がかかってるのよ！」

「分ってる。だからって、どうしようってんだ？」

「人一人の命は地球より重いのよ」

と、真弓は高らかに宣言した。「だから協力してもらいましょ」

ステージでは、バンドのリーダーが、

「今度のアルバムのコンセプトは……」

と、次のＣＤの宣伝をしている。

このトークの間に、メンバーはひと息ついて、楽器の調整をしたりしているのだが
……。

そこへ、トコトコと出て来たのは——真弓だった。

ＴＶカメラも、つい真弓を追った。急なゲスト出演かと思ったのだろうが、どう見てもアーティストではない。

しかし、ステージの両サイドに設置された巨大スクリーンには、真弓の顔がアップになった。

何だか知らないけど、有名なゲストなのかと思った客がワーッと——いささか自信

なさげに——拍手した。

「ごめんなさい」

と、真弓は、しゃべっていたリーダーがポカンとしていると、「ちょっとマイクを借りるわね」

「あの——」

「人の命がかかってるの」

突然そう言われて、リーダーは面食らいながらもマイクを渡さないわけにいかなかった。

真弓はマイクを手に、堂々と（?）ステージの中央に進み出ると、

「突然、コンサートの邪魔をしてごめんなさい」

と、観客に語りかけた。

え?　——会場が戸惑いながらも静かになる。

「でも、これには一人の人の命がかかってるんです」

と、真弓は続けた。「私にとって、とても大事な、ある男性の命です。その人は私のためなら、死ぬことなんか何でもない、というぐらい、私を愛してくれています。こんな人がいて、私は本当に幸せです」

ほとんどが若い女の子たちで占められている客席は、シーンと静まり返った。

「ところが！」

と、真弓は声のトーンを上げて、「その大事な彼が、悪い人たちの手で誘拐されてしまったのです！」

ええ？――客席が息を呑む気配。

「私は、身代金を持って、この会場へやって来ました。ここで、彼の身柄と交換するためです。でも、この広さと凄い数の人たちの中で、誘拐犯と出会うことができません。それで、こうしてマイクをお借りして呼びかけることにしました。ごめんなさい」

誰一人、苦情を言う客はなかった。じっと真弓の言葉に耳を傾けている。

「さあ！　私はちゃんと要求された物を持って来てるわよ。私の大事な人を返してちょうだい！」

と、真弓は呼びかけた。

しかし、もちろん犯人が、「はい、そうですか」と出て来るわけもない。

真弓は続けて、

「皆さん、周りを見回して。いませんか？　男だけの、たぶん二、三人連れで、およそこういうコンサートに向かない服装をしている人。演奏の間、全然曲を聞こうとしないで、耳をふさいだりしてた人。そして曲と曲の間になると、急いでケータイを取り出してかけてた人。そんな人、あなたの隣にいませんか？」

呼びかけると、場内がざわついた。

そして――会場の隅の方で、

「あんたたちでしょ！」

という声が上った。

「違う！　俺たちじゃない！」

と、あわてた男の声。

しかし、いかにも「まずい！」という思いがにじみ出た声だった。

「こいつらよ！」

「逃がすな！」

という声が次々に上り、

「どけ！」

「逃げろ！」

と、女の子たちの間をかき分けて逃げて行く男たちが目に入った。

しかも、気のきいたことに、ステージに照明を当てていた係が、素早くその男たちに照明を当てたのである。

男が三人、通路への階段へと駆けて行く。

「ありがとう」

と、マイクを返すと、真弓はステージから客席へと飛び下りて、通路を走って行った。

「何だってんだ！」

と喚きながら、男たちが通路を駆けて来た。

客の女の子たちに服の裾や腕をつかまれて服がビリビリに裂けていた。勢いとは恐ろしいものである。

「兄貴、どうします！」

「畜生！　ふざけやがって！　あの刑事をぶっ殺して投げ捨ててってやる！」

そのとき、

「敏哉！」

と、声がした。

ハッと振り向く。――立っていたのは倉橋あや子、そして、純子だった。

「母さん……」

「お前は何てことをしてるの！」

と、あや子が言った。「お父さんに恥ずかしくないの！」

しかし、敏哉の目は純子を見ていた。

「お父さん！」

と、純子は言った。「私のお父さんだよね！」

「純子。もう俺のことは忘れるんだ。お前には分らない」

「分るよ！　そっちこそ、人を殺したり、傷つけたりする人がお父さんだって思うのが、どんなに辛いか、分る？」

「今はそんな話をしてられないんだ！　行くぞ！」

「待って！」

と、純子が敏哉を追おうとした。

敏哉の子分が拳銃を抜いて、純子の方へ向けた。

銃声がして、子分が肩を撃たれて倒れる。敏哉が純子の方へ、

「ついて来るな！」

と怒鳴ると。もう一人の子分と共に駆けて行った。

「あの野郎……」

フラッと現われたのは、勝野だった。拳銃を手に、

「追いかけたいが……走れねえ」

と呟くように言うと、膝をついた。

「兄貴!」

と、オサムが走って来た。

八町めぐみがついて来ている。

「オサム! 奴らを追え!」

と、言って、勝野はうずくまるように倒れた。

「無茶して!」

めぐみが勝野のそばに駆けつけた。

真弓が通路へ駆け出して来た。

「あいつらは?」

と、純子に訊く。

「そっちへ。一人倒れてる」

「分ったわ」

真弓が敏哉たちを追って行くと、オサムもあわてて続いた。

敏哉と子分は、やっとスタジアムの外へ出たが、あちこちにパトカーが停っていて、警官の姿も見える。

「おい！　車へ電話して、ここへ来るように言え！」

と、敏哉が言った。

しかし子分は首を振って、

「できません」

「何だと？」

「ケータイ入れてたポケット、引きちぎられて、ケータイが落っこちてしまいました」

「馬鹿力だな！」

敏哉は自分のケータイを取り出したが、「――おい、車で待機している奴のケータイ、何番だ？」

「ええと……。ケータイには入ってるんですが、憶えてません」

なまじ「登録」できるようになったので、電話番号を憶えられないのだ。

「役に立たねえ奴だ！」

敏哉も、子分一人一人のケータイ番号など知らない。「仕方ねえ。車の所まで行くぞ」

と、周囲を見回し、

「車、どの辺だ？」

「さあ……。よく分りません」

円形のスタジアムである。どこの出口から出ても、同じように見える。

そのとき、黒塗りのワゴン車がやって来るのがみえた。

「兄貴！　あれですよ！」

敏哉が手を振ると、ワゴン車はスピードを上げて走って来て、二人の前に停った。

「後ろを開けろ！」

と、敏哉は怒鳴った。「あの刑事をぶっ殺してやる！」

だが——車の中は空っぽだった。

「おい！　刑事はどこへ行った！」

「兄貴……。運転席に誰もいませんぜ」

「何だと？　そんな馬鹿な――」

確かに、運転席には人がいない。

「どうなってんでしょう？　幽霊が運転してたんですかね？」

「そんなわけがあるか！」

敏哉がカッカして、「運転しろ！　早くここから出るんだ！」

「でも、宝石が――」

「宝石を手に入れて刑務所へ入るのか？　早くしろ！」

ワゴン車が走り出すと、真弓が駆けつけて来た。

「逃げたわ！　追跡！」

パトカーが指示を受けて走って行く。

「道田君……。きっと助け出すわよ！」

と、真弓が拳を固めて突き上げる。「君なしで、私は刑事をやっていけないのよ！

――道田君！」

真弓がそう叫ぶと……。

「ウ……ウ……ウ……」

と、妙な声が背後で聞こえた。

振り向くと――その場にあぐらをかいて座り込んでいたのは、何と道田だった！

「道田君！　どうしたの？　具合悪い？」

訊くことを間違えているようだが、

「真弓さんのお言葉が……。生きてて良かった、と思ったんです！」

と、道田は声を上げて泣いているのだった。

「でも――どうしてここに？」

「俺がおぶってさ」

淳一が、いつの間にやらすぐそばに立っていた。

「まあ……。重かった？」

「道田君を車に置いてると奴らが言ったろう？　あれは本当のことだと思ったから、運転席にそれらしい奴が待機してる車を探した。停めそうな所の見当はつくし、そう苦労しなかった」

「良かったわ！　道田君、もう勝手に誘拐されちゃだめよ」

真弓の言葉にも、道田はまた感激して泣いてしまった。

「あ、道田さんだ！」

純子が駆けて来た。「助かったんだ！　良かったね！」

「身代金は払わずにすんだな」

と、淳一が言うと、

「あら？」

真弓は左右をキョロキョロ見回して、「あのスーツケース、私、どこに置いたっけ？」

17　悩みと解放

「もう諦めてくださいね」

と、八町めぐみは言った。

「そうだな……」

勝野は腕に入った点滴の針を見て、「もう逃げ出す元気はなさそうだ」

「当り前ですよ。ここまで手をかけて、死なれちゃたまりません」

「俺だって死にたかないさ。涼子ちゃんを殺した奴が死ぬのを見るまでは」

勝野は、めぐみを見上げて、「しかし……」

「何ですか？」

「あんた、どうして俺やオサムのことをそうまで気にしてくれるんだ？　治療しがいのない患者だろうに」

めぐみは少し黙っていたが、

「――誰にも言わないでくれますか?」

「ああ。俺にひと目惚れしたのか」

「冗談やめて下さい。オサム君は、たぶん私の弟なんです」

さすがに勝野が絶句した。めぐみは続けて、

「事情があって、小さいころ、別れ別れに……。でも、家の家系に、ああいう特殊な能力を持つ人が、たまに現われているんです」

「――驚いたな」

と、勝野は息をついて、「しかし……。つまり、何か? あんたが俺のことを心配してくれるのは、オサムが俺を心配してるからなのか?」

「まあ、そうです」

「何だ……。がっかりさせてくれるぜ。俺はまたあんたに惚れられてるからだとばっかり……」

「勝手に思い込まないで下さい」

「ショックだ。これで寿命が縮まった」

めぐみは苦笑した。

「――失礼」

病室に入って来たのは淳一だった。

「来てくれたのか」

「話し合う必要があるだろう」

めぐみは遠慮して病室を出て行った。

「――分ってるだろう。俺がいると、ここは危険だ」

「その件について、話したいって人がいる」

「誰のことだ？」

淳一が振り返って、

「入ってらっしゃい」

と、声をかけると、倉橋あや子と純子が入って来た。

「あんたたちは……」

と、勝野は言った。

「私の主人が、宝石やお金を盗んで、持っていたのです」

と、あや子は言った。「そして、息子が今、それを狙っています。あなたの大切な方を死なせたのも、息子の指図したことでしょう」

「そういうことか……」

「倉橋寿一さんは、息子から任されていたんだろう」

と、淳一は言った。「しかし、何かあって、息子の言うことを聞かなくなった」

「私としては、息子が父親を殺させたとは思いたくありません」

と、あや子は言った。「でも、少なくとも殺すことを承知していたのは確かでしょう。母親として、本当に情けないことですが」

「娘としてもね」

と、純子が言った。「でも、これ以上、お父さんに罪を重ねてほしくないの。だから、おばあちゃんと私が、交替でこの病室にいることにする」

「何だって？」

「お父さんも、私やおばあちゃんを殺さないと思うから」

「ご心配なく」

と、あや子が微笑んで、「あなたのプライバシーは尊重します。部屋をカーテンで仕切って、もう一つベッドを置いてもらい、そこで私どもはやすみます」

「早速今夜からね」

と、純子が言って、「私が先ね」

「年の順よ」

「それじゃ。――ジャンケン、ポン！」

勝野は、あや子と純子がジャンケンしているのを、唖然として眺めていた……。


「無事に出て来て良かったわ、スーツケース」

と、真弓がのんびりコーヒーを飲みながら言った。

「受付に届けてくれた女の子に、一割やったら目を丸くするだろうな」

と、淳一は言った。

一割でも何億円かになる！

「あれは『落とした』のじゃなくて『置き忘れた』のよ」

と、真弓は主張した。

二人は、病院に近い喫茶店でコーヒーを飲んでいた。表はもうすっかり暗くなっている。

「そういえば、課長がブツブツ言ってたわ」

「何のことで？」

「もちろん、宝石を持ち出したこともだけど、コンサートでマイクを借りたのが、ネットで流れたんですって」

「有名人だな」

「ま、私はもともとTV映りがいいから、構わないんだけど」

と、真弓は大真面目に言った。「課長は、『公務員としてはまずい！』って言うの」

「なるほど」

「分かってるわ。あれは課長がやきもちをやいてるの。本当は自分が出たがっているのよ」

「そうか？」

「あの課長、ああ見えて目立ちたがりなの」

「今ごろクシャミしてるぜ」

と、淳一は言って、「その後、何か分かったか？」

「道田君から連絡が来ることになっているわ。ワゴン車の行き先が分かったら」

淳一がワゴン車を乗っ取ったとき、追跡のための発信装置を付けておいたのだ。

「少しは休ませたらどうだ？　道田君は人質にされてたんだぞ」

「当人が働きたがってるんだもの。何しろ私の真心のこもった感動的な言葉に、『僕の命は真弓さんのものです！』って……」

「まあ、いいけどな……」

本人が納得しているのなら、文句を言うこともないが……。

「どうかしら？　あや子さんや純子ちゃんがいるのに、あの病院を攻撃してくると思う？」

「向こうは焦っているだろう。あの倉橋敏哉って男が関西の方でグループを仕切っていたのは知ってる。父親は、息子に頼まれて、気が進まない内に共犯者になっていたんだろう。——そして寿一は、あの家の地下に宝石や現金を隠して、息子にもそのことを教えなかった」

「でも、父親を殺したの？」

「当人はどうでも、組織は非情だからな」

「じゃ、やっぱり病院が……」

「今はまず金だ」

と、淳一は言った。「考えてみろ、敏哉たちが向うで稼いだ金や宝石を、わざわざ東京へ持って来て隠していたのはどうしてか」

「それもそうね」

「警察の手が及びにくい、というのが一番の理由だろう。手もとに置いといたら、いつ捜査に入られるか分からない。それで敏哉は父親をうまく利用できると考えたんだ。

父親なら裏切られる心配はない。それに、寿一さんの方でも、自分は何も悪いことをしないで、ただその稼ぎを預かるだけなんだから、あまり罪の意識もなかったろう。そして、敏哉から、『どこに稼ぎを隠しているか、誰にも言うな』と言われていたんだと思う。敏哉の方も、組織の中で当然リーダーの地位を巡る争いもあるだろうし、そのための軍資金として、寿一さんの所を狙う奴が出て来るかもしれない」

「それで、敏哉も知らないのね、隠し場所を」

「おそらく、倉橋寿一さんは妻のあや子や孫の純子のことを考えて、こんなことをしていてはいけないと思ったんじゃないか。あの家の地下にあんな保管庫を作って、敏哉にも教えなかった」

「でも、あそこを売ると言って、太田さんを呼んだんでしょ？」

「おそらく、息子との間がギクシャクし始めてたんじゃないかな。敏哉としては、父親が信用できないとなれば、預けてある稼ぎを取り戻さなくちゃならない。寿一さんは、あそこを売ることで、あそこに宝石や現金を隠してあると気付かれないようにしたかったんだろう。なに、太田さんに一旦売ると言っておいて、自分で買い戻せばすむことだ」

「そこへ、あの土地を欲しがってた田中って男が割り込んだのね」

「そのせいで殺されちまった」

と、淳一は少し冷めたコーヒーをゆっくりと飲んだ。

「そうよ！　あの田中って人の奥さん、大丈夫？　生きてるってことが分かっちゃったんでしょ？」

淳一は真弓を見ていたが、

「──ちゃんと警備をつけたんだろ？」

「そうだっけ？」

「おい……」

「何しろ道田君のことがあったからね、忘れちゃったわ」

「念のためだ。一度病院へ戻って確かめよう」

と、淳一は立ち上がった。

「どこへ行くの？」

と、真弓は言った。

淳一が、別のフロアでエレベーターを降りたからだ。

「骨折した男だ」

「ああ、救急車で運ばれて来て、大騒ぎしてた男？」

真弓は肯いて、「でもどうしてあの人の所へ？」

「車がな」

「車？」

「今、病院へ戻って来る途中に見かけた。――人目につきにくい角の所に、エンジンをかけっ放しにしてる車があった」

「ガソリンのむだね」

「それもあるが、誰かを殺して逃げようってときは、ああして仲間が待機してるもんだ」

「じゃ――田中香子さんを？」

「どの病室か、簡単には分からない。しかし、もう一人、口をふさぎたい人間がいる」

淳一は廊下で足を止めると、「おい、拳銃あるか？」

「バッグの中よ」

「用意しとけ」

真弓は黙って肯いた。

淳一は病室のドアをノックした。

少し間があって、

「──はい」

と、女の子の声がした。

ドアが開くと、元山ユカが顔を出した。

「あ、どうも」

「まだいたのかい？」

「ええ……。他にいてくれる人、いなさそうなんで」

「感心だね。ご両親はどう思うか分からないが」

「どう思われてもいいです。私、ここにいるべきだと思って……」

と、ユカは言った。

「安田って人と話ができるかな？」

「あの……今、眠ったところで」

「そうか。じゃ、またにしよう」

と、淳一が言うと、突然ベッドの方から、

「逃げろ！」

と、安田が叫んだ。

淳一が同時にユカを抱きかかえるようにして床に伏せる。

ベッドの向こう側に男が立ち上がって、銃口をドアの方へ向けた。

安田が寝たまま手を伸ばして、その銃をはねのける。銃弾が天井の照明を砕いた。

「何しやがる！」

拳銃を持った男が安田へ銃口を向けた。

銃声がして、

「安田さん！」

と、ユカが叫んだ。

窓ガラスが床に落ちて粉々になった。

拳銃を持った男は、そのまま床へ崩れ落ちた。

病室の窓ガラスが割れていて、外から顔を出したのは真弓だった。

「間に合った？」

「ああ」

淳一は病室を横切って、ベッドの向こうへ回ると、倒れている男の首筋に指を当てた。

「――死んでる」

「あのね。窓の外って、立ってるの大変なのよ！」

と、真弓が言った。

「分かった。ガラスの破片でけがしちゃいけない。ちょっと待て」

淳一が床のガラス片をどけ、窓をそっと開けた。

「隣の病室の人がびっくりしてたわ」

と、真弓は淳一に手を取られて、窓から中へ入って来ると、「クッキーぐらい、持ってった方がいいわね」

「――安田さん！　良かった！」

ユカがベッドへ駆け寄って安田にキスした。

「おい……。みっともないから、よしてくれ」

と、安田が言った。

「いいじゃないの、好きなんだから」

「お前、十七だぞ。俺は殺人罪になるのはいいが、未成年にキスして罪になるのはごめんだ」

と、安田は言った。「――刑事さん、どうして俺なんか助けたんだ？」

「田中さんを殺したのね。奥さんもここにいるのよ」

「分ってる。しかし、俺から組織のことがばれるのを恐れて、殺し屋がやって来た」

安田は床に倒れてる男の方へ目をやって、「殺し屋が殺し屋に殺されちゃ、みっともねえよな……」

そして安田は真弓の方へ、

「こいつはまだ田中の女房の病室がどこか、つかんでなかったぜ」

「そう。それなら良かった」

「――俺に貴重な血をくれたんだな」

と、安田は言った。「借りは返さねえと」

「証言してくれる？」

「俺の知ってることなら、何でも。――でも、このわがまま娘を家へ帰してやってくれないか」

「ひどい！」

と、ユカがむくれている。

「全く。危うく殺されるところだったっていうのに、まだこりねえんだからな」

と、安田が呆れたように言った。

「私、自分でここに残るって決めたのよ。何があったって、文句なんか言わないわ」

「まあ落ちつけ」

と、淳一が言った。「君に何かあれば、ご両親だけじゃなくて、この安田も辛い思いをする。安田のためにも、一旦、家へ戻りなさい」

「その通りだ」

と、安田は肯いて、「俺が、自分のことより、他人のことを大事に考えたのは、お前が初めてだよ」

それを聞いて、ユカは微笑むと、

「私に惚れたのね？　白状しなさい！」

――それを見ていて、真弓が、

「今どきの十代には勝てないわ……」

と呟いた。

淳一のケータイが鳴った。

「あなた、病院の中でケータイ使っちゃいけないのよ」

と、真弓は意見した……。

「お待たせしました」

倉橋あや子はホテルのラウンジに入って来ると、奥のテーブルで、「主人の〈お別れの会〉では、色々ありがとうございました」

「いえ、とんでもない」

と、腰を浮かして言ったのは、ゴルフ場の支配人の松木だった。「おやすみのところお呼び立てして」

「いえいえ」

あや子は腰をおろすと、ウエイトレスへ、「ホットレモネードをちょうだい」

と、注文した。

メニューにはないが、「特別な客」には出してくれる。あや子も、自分の立場に慣れて来ていた。

「お電話いただいたとき、ちょうどお風呂に入っていまして……」

あや子は、まだ少し濡れている髪に手をやって、「やっと、ああいうお風呂の使い方を憶えましたわ」

「名家の奥様に見えますよ」

と、松木は言った。

「まあ、やめて下さいな」

と、あや子は笑った。

レモネードが来ると、一口飲んでホッと息をつき、

「それで、お話というのは……」

と言った。

松木は、愛想のいい笑顔のまま、

「息子さんの命を助けたいでしょう」

と言った。

あや子は当惑して、

「何のお話ですか？」

「大きな声を出さないで下さいね。周囲のお客の耳に入るといけませんから」

「大きな声など出していませんけど」

「それでよろしいのです」

「松木さん、あなたは……」

「ご主人の忠実な部下として働いて来ましたよ。しかし、手にするお金は……。もちろん、普通のゴルフ場支配人と比べれば多くもらっていましたが、息子さんたちの送

ってくる稼ぎの中じゃ、微々たるものでした」

　と、松木は苦笑した。「ご主人は本当に真面目な融通のきかない人でした。少しぐらい、私たちに回してくれても良かったのに。それぐらいのもの、息子さんたちだって認めてくれてたはずですよ」

「でも、それは悪いことをして稼いだお金でしょう?」

「もちろんです。今の世の中、まともに働いて楽しい暮らしなどできませんよ」

「松木さん……。あなた……」

あや子は全くの別人を見る思いで、松木を眺めて、「あなたなんですね。主人を殺したのは」

　と言った。

「殺したかったわけじゃありません」

　松木の表情が変わっていた。「どうしても、稼ぎの隠し場所を教えてくれなかったからですよ」

「恥を知りなさい。――たとえ主人が悪いことに加担していたからといって、殺されて当然ということはありません」

「しかしね、私としては、たった一度だけのお願いだったんですよ」

と、松木は苦しげに、「女がいましてね。どうしても金が必要でした。一回だけ、とご主人にお願いしたんです。それも三千万ですよ。稼ぎの中のごくごく一部だ」

「主人がそれを拒んだんですね」

「もらえないなら、貸してくれ、と頼みました。しかし――ご主人は首をたてには振らなかった……」

松木は深く息をつくと、「ご主人は私のことを息子さんに知らせようとしたんです」

「それであなたは――」

「そんなことを知られたら、私は消されるかもしれない。追い詰められて、焦ったんです。気が付いたら、ゴルフのトロフィーを手に立ってたんです。そしてご主人が倒れていた……」

「芝居じみた言い方はやめて」

と、あや子はきつい口調で言った。「気が付いたら殺してた。なんて、そんなわけないじゃありませんか」

「まあ、それはともかく――」

と、松木は言った。「今、あなたの息子さんが、同じ目に遭おうとしている。向うでもね、さすがに息子さんに責任を取らせよう、ってことになったんですよ。息子さんの後釜を狙ってた男が、ボスになりましてね。それで私に言って来たんです。稼ぎの隠し場所を見付けろと。見付けないと、私も危いが、あなたの息子さんは間違いなく殺される。――どうです？　知ってるんでしょう？　隠し場所はどこです」

あや子は真直ぐに松木を見つめて、

「教えたら、敏哉は助かるんですか？」

と言った。

「命だけはね。まあ、後は交渉しだいですよ」

「分りました」

と、あや子は言った。「お連れしましょう、隠し場所に」

松木が大きく息をついて、

「本当ですか！　いや、助かった！」

「このレモネードを飲むまで、待って下さい」

と言うと、あや子はそう急ぐでもなく、レモネードを飲んだ……。

「奥さん」

松木は渋い顔で、「こんな所へ連れて来てどうするんです？　ここは我々も調べましたよ」

あや子は、夫が殺された現場の居間に入ると、

「見付けられなかったのは、あなた方が捜し物が下手だからですよ。よくものを失くすんじゃありません？」

当ったらしく、松木は不機嫌な表情になって、

「そんなことはどうでもいい。どこにあるって言うんです？」

あや子は、

「そのコンセントのくぼみをナイフで突いて」

「何だって？　感電させようってのか？」

「臆病ね。ナイフを貸して。私がやるわよ」

あや子は松木からナイフを受け取ると、コンセントのくぼみを突いた。壁がスルスルと開く。

「――何てこった！」

松木が目を丸くしている。

「中へ入って。一緒にね」

二人が乗ると、床が下り始めた。

「ワッ！」

と、松木がびっくりする。

「ジェットコースターに乗ったら気絶するわね」

と、あや子は言った。

地下室に入ると、松木が呆然として中を見回す。そして、引出しの一つを開けて、

「宝石だ！」

「現金もあるわよ」

「この引出し全部か？　――凄い！」

松木は汗をかいていた。

「約束ですよ。敏哉を解放して」

松木はニヤリと笑って、

「向うがどうするか、知らないね」

と言った。

松木のケータイが鳴った。

「――ああ、松木です。見付けました！　宝石も、札束も。うなってますよ！」

興奮してしゃべりながら、引出しを次々に開ける。「例の家の地下です！　うまく

隠しやがって――」

気が付くと、あや子の姿がなかった。上の部屋へ戻ったのだろう。しかし、松木にとってはどうでも良かった。

「ええ、待ってます。俺との約束は忘れないで下さいよ！」

松木が居間へ戻ってみると、あや子はいなくなっていた。

十分と待たない内に、車が何台も表に停った。

「――お待ちしてました」

と、松木は出迎えて言った。

「お袋は？」

と、敏哉が訊く。

「それが、いつの間にか――」

「そうか。まあいい」

「こっちです」

松木が地下室へと敏哉以下、十人近い男たちを案内した。

「――よく作ったもんだな！」

と、感嘆の声が上った。

めいめいが、手近な引出しを開けて、歓声を上げる。

「よし。一粒残らず運び出すんだ」

と、敏哉が言った。

「――なんだ？」

引出しの一つを開けると、白い煙がブワッと吹き出して来た。そしてたちまち煙は勢いを増して、地下室を満たした。

「おい……逃げろ！」

と、敏哉が怒鳴った。「煙を吸ったら……」

エレベーターは上に行っていた。

煙を吸うと、ものの十秒とたたない内に、男たちは次々に倒れた。

TV画面に、煙の中、バタバタと倒れる男たちの姿が映っていた。

「地下室にカメラが設置してあるんだ」

と、淳一は言った。「TVでモニターできるんだな」

「敏哉は結局……」

と、あや子が首を振って、「ちゃんと罪を償わせて下さい」

「もちろんです」

と、真弓が肯いた。

「ラウンジでの話を聞かせてもらいました」

と、オサムは言った。「兄貴に報告しますよ」

「ああ。ちゃんと傷を治せと言ってやれ」

と、淳一は言った。

「失礼します」

と、オサムは急いで出て行こうとした。

「おい」

と、淳一が声をかけた。「お前も逃げるなよ」

「え？」

「聞こえてたんだろ？　勝野の病室での八町めぐみの話が」

オサムは目をそらした。

「――俺みたいな弟がいちゃ、あの先生の邪魔になりますよ」

と、オサムは言った。

すると――。

「弟なんて、どうせ邪魔なもんよ」

八町めぐみが立っていた。

「先生……」

「逃がさないから！　麻酔の注射を射つわよ、逃げようとしたら」

「ひでえな……。医者がそんなことして、いいんですか？」

「いいのよ！　弟と二度と離れないためなら！」

めぐみがオサムを抱きしめて、「和男！」

と呼んだ。

「俺……和男っていうの？」

「そうよ」

「慣れるのに大変そうだ」

「馬鹿ね」

めぐみがしっかりと弟の肩を抱いて、出て行った。

「――さて」

と、真弓が言った、「連中を捕まえて来なきゃ！」

「おい、待て！」

と、淳一があわてて止めた。「今下りて行ったら、お前も煙を吸ってぶっ倒れるぞ」

「あ、そうか。――どれくらい待ってりゃいいの？」

「換気してるからな。一、二時間だろう」

「そんなに？　じゃ、ここで体操でもしてる？」

と、真弓は言った。

エピローグ

「つまんないな」

と、口を尖《とが》らしているのは、純子である。「せっかく、このホテルに慣れたのに……」

「仕方ないでしょ」

と、あや子が苦笑して、「東京に出て来るにしても、向うの家を放っておくわけにはいかないわ」

「まあね……」

純子は渋々肯いて、「分ってるけど……。でも、やっぱり、東京は刺激的だもの！」

ホテルのラウンジは、昼の明るい光にあふれていた。

「――どこで生きてようと、人生は刺激的なものよ」

と、声がして、真弓と淳一がやって来た。

「まあ、色々お世話に……」

と、あや子が腰を浮かす。

「どうぞそのまま」

淳一はそう言って、同じテーブルにつくと、コーヒーを頼んだ。

「息子がとんでもないことを……」

と、あや子が頭を下げる。「でも、自分で父親を殺したのではなかったと分って、ホッとしました」

「そうですね」

と、真弓が言った。「この機会に、関西の方の組織が潰せて、みんな喜んでいます」

「もう——お父さんには会えないね、きっと」

と、純子が言った。

「これからの裁判で、色々と分ってくるでしょう」

「あそこに並んでたゴルフのトロフィーは何だったの？」

「松木が作って、あそこに置いていたんだ」

と、淳一が言った。「一つ一つに、発信機が仕込んであって、ネジに見せかけたボタンを押すと、信号を送るようになっていた。たとえば、あそこが襲われたりしたときや、警察が捜査に入ったりしたとき、そういう信号を敏哉のところへ発信するように、一つ一つ、違う役割だった。田中はそれを知らずに盗んで持って帰った。何かの弾みで押してしまったんだろう。その信号は、〈裏切り者を殺せ〉という指令だった。発信場所も分るようになっていたんで、あの安田って殺し屋が田中の所へ……」

「奥さん、助かったんだよね？　良かった」

と、純子は言った。「でも……私、心配なんだけど」

「何が？」

と、真弓が訊く。

「あそこの宝石や現金は、もちろん盗んだものでしょ？　じゃあ、私たち、無一文になっちゃうの？」

「その心配はないわ。松木が支配人をしてたゴルフ場を始め、色々持ってたお店なんかは、ちゃんとした商売をしていたのよ。その収入はあや子さんのもの」

「やった！」

と、純子が安堵したように、「東京に来て暮すぐらいのお金、あるよね！」

「もう、すっかり気持はここね」

と、あや子が苦笑した。

「もちろん、分ってるよ」

と、純子は言った。「東京に慣れたら、またあそこに帰りたくなるかもしれない。自分の生まれた所だものね。ただ——今はいろんなことが知りたいの」

「あの土地をそのまま残しておきましょうか。私も——たぶん、主人のやっていた仕事をみなきゃいけないでしょう。他にいないんだもの」

と、あや子は言った。

「おばあちゃん、社長になるの？」

と、純子が目を丸くする。「凄い！」

「きっと、腕のいい経営者になれるよ」

と、淳一が微笑んだ。

「主人の殺されたあの家は残したくありません」

と、あや子は言った。「あの太田さんという方に売りたいと思っています」

「まあ。きっと喜びますよ。一応〈K不動産〉に戻ってるそうですからね」

と、真弓は言って、ロビーの方へ目をやると、「来たわ」

振り返って、あや子が、

「まあ」

と言った。

道田に伴われて、手錠をかけられた敏哉がやって来たのだ。

「どうしても、一度会いたいと言うので」

真弓は立ち上って、「――何か言いたいことがあるんでしょ？」

敏哉はずいぶんやつれた様子だった。

「母さん……」

「敏哉。何があっても、私は母親。それだけは憶えておいて」

「ありがとう」

敏哉は、純子の方へ向くと、「――幸せになれよ」

純子は黙ってじっと敏哉を見ていたが、やがてしっかりと抱きついて、

「ヤッ！」

と、ひと声、父親を背負い投げでカーペットの上に投げ飛ばした。

「いてて……」

敏哉は顔をしかめて、「――この痛みを忘れないよ」

と、立ち上りながら言った。

純子は涙をためた目で敏哉を見て、黙って肯いた。

道田に腕を取られて、敏哉が行ってしまうと、

「そうだ」

と、真弓が言った。「課長がね、気になることを言ってたのよ」

「何だ？」

「あそこにあった宝石だけど、引出し一つ分だけ、中が全部イミテーションだったんですって」

「ふーん。中にゃガラス玉の方が好きだって奴もいるだろう」

と、淳一は言った。

「そうかしら？」

「そうさ」

——あや子が立ち上って、

「さあ、もう行かないと」

と言った。「純子、忘れ物ない？」

「大丈夫。——もし忘れ物があったら、また戻って来るから」

「保管しといてあげるわよ、警察で」

と、真弓は言った。

純子が笑いながら、スーツケースをガラガラと押して行った。

「――いいわねえ、若いって」

と、見送って真弓が言った。「――あら、メールだわ」

「何だって?」

「まあ……。この間のコンサートに出てたバンドの人からよ」

「わざわざアドレスを教えたのか?」

「お詫びのメールを送ったのよ」

「損害賠償でも求めて来たのか」

「いいえ。――今夜のコンサートに、ゲストで出てくれって」

「歌でも歌うのか?」

「出られないわよ。公務員ですものね」

と、真弓は肩をすくめた。「泥棒だったら出られるのに」

解　説

山前　譲

十番勝負といえば『新吾十番勝負』――この『泥棒たちの十番勝負』を手にして、こんなふうに連想した方はあまり（まったく？）いないでしょうか。

『新吾十番勝負』は第一回の直木賞を受賞した川口松太郎《かわぐちまつたろう》が、一九五七年から一九五九年にかけて朝日新聞に連載した時代小説です。八代将軍徳川吉宗のご落胤《らくいん》である葵《あおい》新吾《しんご》を主人公にした痛快な作品ですが、一九五九年から翌年にかけて製作された大川橋蔵《おおかわはしぞう》主演の東映映画や（続編に『新吾二十番勝負』も！）、一九五八年十二月にスタートした日本テレビ版など、何度となく映像化されてきたので、タイトルぐらいは目にした人は多いでしょう。

いわゆる番勝負というと、最近では将棋や囲碁のタイトル戦でしか用いられていないかもしれません。ただ、そこでの番勝負、たとえば七番勝負ならば、どちらがストレートに四番を勝ってしまうと、勝ち越しとなりますからその時点で勝負としては終わりです。七番勝負になっていない！　これが小説の世界なら、きっちり最後まで戦います。ひとつひとつの戦いに工夫が凝らされています。もっとも、主人公が十番勝負の途中で負けてしまうことはないはずですが……。

では、この『泥棒たちの十番勝負』はどうなのでしょうか。もちろんここでも主人公は刑事の今野真弓《こんのまゆみ》とその夫である大泥棒の淳一《じゅんいち》（大泥棒の今野淳一とその妻の真弓……とはとても書けません）です。あっ、真弓の部下の道田《みちだ》刑事を忘れてはいけませんが、ということは、ここでは淳一の十番勝負が楽しめる？

あのアルセーヌ・ルパンや怪人二十面相、あるいはエドワード・D・ホックのニック・ベルベットにヘンリー・スレッサーのルビイ・マーチンスンなどと、ミステリー界にはこれまで数多くの盗賊《とうぞく》が活躍してきました。しかし、今野淳一も盗みの実績ならば引けをとらないでしょう。相手に不足はありません。どんなものでも盗んでみせるはずです。その淳一がここで彼らと対決を繰り広げるのでしょうか？

もしそうならばじつに楽しいミステリーになりそうですが、さすがにそれはちょっと想像の翼を広げすぎのようです。

不動産営業マンの太田《おおた》が、かねてより土地の売買交渉に苦労を重ねてきた倉橋《くらはし》老人から、売ってもいいと連絡をもらいます。ただ、夜中の十二時に書類を自宅に持ってこいというのでした。

　自宅に行ったことのない太田はすっかり道に迷ってしまい、ようやく倉橋の自宅に着いたのは午前一時です。そこで出会ったのは競争相手の会社の営業マンでした。残念だが、土地はうちが契約したよ――彼からそう聞いて動転した太田が倉橋の家に慌てて入ってみると、後頭部が血にまみれた死体が！

　この『泥棒たちの十番勝負』は「読楽」に二〇一七年四月から翌二〇一八年六月まで連載され、二〇一八年十月にトクマ・ノベルズとして刊行された、今野夫妻のシリーズの二十一冊目です。あらためてこれまでのシリーズを振り返ってみると、淳一の稀代《きたい》の泥棒というキャラクターが、書き継がれていくうちにしだいに薄れてきたような気がしないでもありません。

　シリーズ第一作の『盗みは人のためならず』には八つの事件が収録されていました。美しいヴィーナス像や幻の巨匠の肖像画、現代の最高のテノール歌手の熱唱の音源など、名を挙げたい泥棒なら狙いそうなレアなブツが絡んでいます。シリーズ第二作の『待てばカイロの盗みあり』の表題作は、秘宝展絡みでした。

　ところがしだいに、淳一の審美眼《しんびがん》や裏社会の情報が、真弓の捜査に役立つことが多くなっていくのです。もちろんそれは今野夫妻の円満な結婚生活にとっては大変けっこうなことだったでしょうが、淳一の華麗な盗みのテクニックを期待している読者には物足りなかったかもしれません。シリーズ第十五作の『心まで盗んで』の冒頭で、宝石コレクションを狙う淳一の姿に接したときには、まことに不謹慎《ふきんしん》ながらも喝采《かっさい》を博したものです。

その意味ではこの『泥棒たちの十番勝負』は、泥棒がストーリーに大きく絡んでいるので、淳一の本領がたっぷり発揮（?）されています。というのも、殺された倉橋は実業家として成功していましたが、じつは大規模な窃盗団に関わっていました。淳一の慧眼《けいがん》は、地下にあった隠し部屋にすぐ気付きます。そこには高価な宝石や一万円札の束が！　その倉橋には切ない過去がありました。邪悪な世界とヒューマニズム溢《あふ》れる人間関係の絡み合いが、物語を印象的なものにしています。

そしてやっぱり今野淳一は稀代《きたい》の大泥棒だと納得するラスト……これまた不謹慎ではありますが拍手喝采ではないでしょうか。ところでその淳一、これまで盗み出したものはどうしているのでしょう。真弓はじつに勘の鋭い女性ですから、自宅に保存してるとは思えません。

すぐに転売している？　真弓は警視庁の刑事ですからそれほど高給とは思えません（失礼！）。ですからさりげなく売り払って、今野家の家計に回しているのかもしれません。真弓は夫の本業を十二分に知っているのですから、今月の生活費にと渡されても、まったくためらうことはなく受け取ることでしょう。

ただ、これまで淳一が盗み出したものの価値は、夫婦ふたりの生活費には余りあるものかと思います。そして、世界的な名画や宝石となると、その販売ルートも限られてくるでしょう。ひょっとすると、どこかにコレクションルームがあって、淳一は美しい品々を並べて悦に入っているかもしれません。

しかし、夫が怪しいそぶりを見せたなら、すぐに拳銃を手にする真弓です。そんな危険なことをするとは思えません。アルセーヌ・ルパンや怪人二十面相に肩を並べる大泥棒の淳一が、その成果をどうしているのか。この『泥棒たちの十番勝負』を読み終えたならばきっと気になるはずです。

二〇二一年九月

この作品は2018年10月徳間書店より刊行されました。
なお、本作品はフィクションであり実在の個人・団体などとは一切関係がありません。

徳間文庫

夫は泥棒、妻は刑事㉑

泥《どろ》棒《ぼう》たちの十番《じゅうばん》勝《しょう》負《ぶ》

2021年10月15日 初刷

著者 赤《あか》川《がわ》次《じ》郎《ろう》

発行者 小宮英行

発行所 株式会社徳間書店

東京都品川区上大崎三―一―一 〒141―8202

目黒セントラルスクエア

電話 編集〇三(五四〇三)四三四九

販売〇四九(二九三)五五二一

振替 〇〇一四〇―〇―四四三九二

印刷 製本 大日本印刷株式会社

ISBN978-4-19-894677-7 (乱丁、落丁本はお取りかえいたします)

徳間文庫の好評既刊

赤川次郎

夫は泥棒、妻は刑事9

泥棒は三文の得

レストランの調理場で男性が殺された。コック見習いが、シェフの大倉果林と何者かが言い争っていたと証言。真弓は果林を連行するが、証拠不十分で釈放。そして新たな殺人事件が発生。現場には果林が!!　調理場の事件とは一転、容疑を認める。彼女に何が？

赤川次郎

夫は泥棒、妻は刑事10

会うは盗みの始めなり

真弓の友人野田茂子が夫の素行調査を依頼してきた。道田刑事を尾行させてみたところ、妻に内緒で夫賢一はホストクラブQに勤務していた！　そこへQにて殺人事件発生。被害者は、野田夫妻と同じ団地住まいで、その妻は賢一目当てにQへ通いつめていた！